神様の教育係始めました
～冴えない彼の花嫁候補～

朝比奈希夜

STARTS
スターツ出版株式会社

アマテラスオオミカミを主宰神（しゅさいしん）とする神々が住む高天原（たかまのはら）には、ひとりの気が抜けた神が存在した。

なにをすることもなくだらだら過ごしていたその神は、やがて修行と称してとある特別任務を背負うこととなり、地上に下ろされ——いや、蹴落（けお）とされた。

適当に任務をこなすつもりの神だったが、どうやらそうもいかないらしく……。

果たしてその役割をまっとうすることができるだろうか。

目次

神様の教育係始めました〜冴えない彼の花嫁候補〜

ヘタレな彼を教育します

「あれっ、十文字くんは？」
飲料メーカー『エクラ』の営業部二課に勤める私・篠崎あやめは、始業時間が迫っていることに気づいて思わず漏らした。すると、向かいの席の同期・岸田真由子が「またギリギリ？」とあきれ顔をしている。

　真由子が『また』と言うのも無理はない。二十五歳の私よりふたつ年下の後輩・十文字志季くんは、遅刻すれすれの常習犯だからだ。なんでも、もともと生活リズムが完全な夜型で、朝は苦手だとか。『社会人なんだからしっかりしなさい！』と先日お説教したばかりなのに。

「ヤバい。私が課長に叱られる」

　私は十文字くんの教育係なのだ。そのため彼がなにかをしでかすと、連帯責任、いや指導不足だと苦言が待っている。

「ご愁傷様」

　長い髪をかき上げる真由子は完全に他人事で、鼻で笑っていた。

「あと三分」

私はとりあえずスマホをカバンから取り出して、十文字くんの電話番号を表示しボタンを操作した。しかし、発信音が続くだけで留守番電話にも切り替わらない。

そういえば、彼に電話をかけて留守番電話になったためしがないけれど、もしかして契約していない？

最近の若い子——といっても二歳しか違わないけど——にしては、スマホをいじっている姿も見ないし、珍しいタイプなのかも。

「出なさいよね」

イライラして無意識にデスクを指でトントン叩（たた）いていると、「おはようございます」とまったく覇気（はき）のない彼の声が飛び込んできた。

「やっと来た！」

「おはようございます、篠崎さん」

「おはようじゃないわよ。何時だと思ってるの？」

こちらはヤキモキしていたというのに、悪びれる様子もなく平然とあいさつをしてくる十文字くんにキレそうになる。

「何時って……八時五十九分？」

彼は課長の席近くの壁にかかる時計をチラリと視界に入れて、なにを怒っているの?と言いたげだ。

九時始業なのだから、たしかに遅刻はしていない。でもね、あなたは目をつけられているんだから、一分前に出社なんてギャンブルするのはやめて！

思いきり心の中で叫んではいたが、口に出して叱責すれば、十文字くんが遅刻しそうだったことに気づいていない課長にわざわざ知らせることになる。

「はぁー」

大きなため息に怒りを込めて、お小言はなんとか呑み込んだ。

「電話には出てよ」

「あーっ、忘れてきました」

彼はカバンの外ポケットに手をつっこんで顔をしかめる。しかしそれも一瞬だった。

「使わないからいいや」

「よくないわよ、私が！」

大きな声が出そうになったがなんとか耐えて小声で反論すると、真由子が「仲良しね」なんて茶化してくる。

「はい。篠崎さんとは仲良しですよ」

その小学生みたいな返事はなんなの？　それに、私はあなたの教育係なの。お友達じゃないの！

言いたいことは山ほどあったが、その前にやるべきことがある。

「はい、服装チェック」

九月上旬の今日はまだまだ暑く、彼の額には汗がにじんでいる。私も肩下十センチほどの髪が首にまとわりつくのが嫌で、先ほどクリップで束ねたところだ。

「まずは汗を拭く！」

デスクの上に置いてあるティッシュの箱を丸ごと差し出すと、彼は二枚とって額と首筋を拭った。

次はいびつに結ばれたネクタイに手を伸ばして、きちんと締め直して整える。それから……。

「十文字くん、うしろ向いて」

「はい」

あーぁ。今日もほんのり茶色がかったきれいな髪に、ばっちり寝癖がついてる。

こんな姿でよく電車に乗れるなと感心するが、このままではクライアントのところには行けない。

私は自分のデスクの引き出しから寝癖直しスプレーを取り出して、彼の髪にシュッとひと吹きしたあと、くしで梳（と）かした。まるでお母さんだ。

「ねぇ。この髪、どこでカットしてるの？」

「駅地下の千円のところです。あっ、この前値上がりして千二百円になりました」

二百円の値上げがどうとかなんて、興味はない。

「で、いつ切った？」

「うーん。いつかなぁ」

覚えてないくらい前よね。彼が私の下についてからはや四カ月近くになるが、私も髪形が変わった記憶がないもの。

営業なのだから、もう少し身だしなみに気を使ってもらいたいところだ。

身長は百八十センチくらいあるし、細身だし……我が二課の中でも恵まれた体型の持ち主だと思う。しかし、そうは見えないのが十文字くんの残念なところ。

ちょっとサイズが大きすぎるくたびれたスーツに、どう見ても磨かれていない革靴。ネクタイのセンスもいまいちだし、フレームの大きな黒縁メガネもまったく似合っていない。

「この髪形が、まずダメなんじゃない？」

別に汚れているわけではないけれど、はっきり言って清潔感はない。いつもはねているし、ボサボサという言葉がぴったりなのだ。

きちんと整えればいいのに。

つい本音をこぼしたが、これってモラハラかしら？

「すみません。よくわからなくて」

「謝らなくてもいいけど……。とりあえず仕事」

「はい」

もう九時五分。特に始業のチャイムが鳴るわけではないので、皆仕事を始めている。

「今日はフォローアップのあとに新規開拓に行くよ。リストは渡してあるよね？」

私たち二課は、いわゆるリテール営業。ビールやジュースなどをスーパーやリカーショップ、そして居酒屋などに営業をかけて採用してもらうのが主な仕事。もちろん、採用後のフォローアップも行う。

今日は、新規の居酒屋にアタックするつもりだ。

エクラは業界第四位のシェアを誇るが、上位三社が抜きん出ていて、私と十文字くんが担当しているエリアも、一位の『ガイアビール』の商品の採用率が非常に高い。ビールの種類も豊富に持っているし、営業の人数が多いのだ。

マンパワーではどうしても敵わないが、商品の品質で負けるつもりはない。

それにエクラの強みはアルコール以外の飲料が得意なこと。上位三社はアルコール部門が独立していて、その他の飲料は関連会社が請け負っているが、エクラはそこまで規模が大きくないため、私たちがアルコールもジュースもお茶も担当する。

とって代わるのではなく、ガイアビールにはないような商品をアピールすることから始めて、徐々にシェアを伸ばしていく作戦を試みている。

十文字くんは私が渡したリストを真剣に読み始めた。

営業に必要なパンフレットを用意していると、彼がその用紙をデスクに置いて、ある一点を指さす。

「あのー、ここですけど」

「『居酒屋串さと』がどうかした?」

串さとはその名の通り串揚げがメインのお店で、アルコールは百パーセントガイアビール。なにか一種類でも置いてもらえればと思ったんだけど。

「ここはやめたほうが……」

「なんで? 人気店なんだから当然狙うでしょ? ガイアの牙城を崩すつもりで行くわよ」

簡単に採用されないのは百も承知。でも、そのくらいの気持ちでぶつからなければ、成長なんてありえない。

「いや、でも……」

「でも、なに?」

「なんでもありません」

結局十文字くんは黙り込んだ。

大手のガイアビールを相手に二の足を踏んでいるのだろうか。

「難しいことを考える前に行動よ！　ここで座ってたって契約は取れないの。一度や二度断られてもへこたれない。何度でもアタックするのみ」

いつも腰が引け気味の彼に発破をかける。

売り込みに行ったところでそのほとんどが失敗に終わるため、私だってへこむ。しかし、行動しなければ成功も手にできないのだから、アグレッシブに攻めるしかない。

「はい」

いつも通りどよーんとした返事をよこした十文字くんは、私が差し出したパンフレットをカバンに詰め始めた。

「行ってきます」

私は彼を引き連れて会社を飛び出し、営業車に乗り込んだ。サンプルやパンフレットが大量にあるため、車でないと不便なのだ。

「串さとに行く前にフォローアップに回ろうか」

居酒屋は午後からしか人がいないことも多い。

まずは先月、新作の炭酸飲料を採用してくれた小売店に向かうことにした。

営業車の運転は十文字くんに任せてある。というのも、私は車庫入れが大の苦手で、縦列駐車なんてもってのほか。まっすぐ前に進むだけならいいのだが、車線変更ですら本当は嫌なほど運転下手だからだ。

一方、いつもボーッとしている印象の十文字くんは意外にも運転技術があり、助手席に乗っていても快適そのもの。後輩だから任せるというような言い方はしてあるものの、正直私より運転がうまいのだ。

訪問したのは、とある高校の目の前にある小さな商店。パンやジュース、お菓子、そして文房具などを販売している校内の売店のようなお店で、客は高校生ばかりだ。学校帰りにちょっと寄って飲み物や食べ物を買う人がほとんどなので、午前中は客もあまりいない。

「こんにちは。エクラです」

「いらっしゃい」

店主は七十代の素敵な女性。髪こそ白髪交じりではあるが、いつも背筋が伸びていて笑顔を絶やさない。五年ほど前に旦那様に病気で先立たれてから、ひとりで店を切り盛りしている。

「ももソーダの売れ行き、順調ですね」

売り上げを追っていると、徐々に増えている。

「そうね。甘すぎないからか、男の子にも人気なの。女の子はパッケージがかわいいって話してたわよ」

「ありがとうございます」

桃をイメージし、ピンクを前面に押し出したパッケージは、持ち歩くだけで目につくことを目標に開発された。つまり、消費者自身に広告塔になってもらおうと、パッケージにかなり力を入れた商品なのだ。もちろん、味も保証する。

「また新しい商品が発売になる予定なんです」

私がカバンからパンフレットを出そうとすると、うしろにいた十文字くんがタイミングよく差し出した。私はそれを受け取り、話を続ける。

「こちらです。冬に向けて開発した商品になります」

レモネード風味の新商品は、温めても飲める一品になっている。

「ここに缶ウオーマーを置かれますよね。この商品は保温可能のペットボトルで作りますので、その中に入れていただけるとうれしいのですが」

この店は、冬になるとレジの横に缶ウオーマーを設置する。そこには缶コーヒーやコーンスープなどが並ぶが、そこに加えてほしいのだ。

「そうねぇ、まだ暑い時期に言われてもピンとこないのよね」

それは承知している。しかし、他社も新商品をぶつけてくるので先手を打っておきたい。

「そうですよね。また追々お話しさせていただきます。今日はご紹介まで。ところで冬は、どんなジュースがよく出るんですか？」

リサーチも大事な仕事。客層によって売れる商品が異なるからだ。

「部活帰りの子にはやっぱりスポーツ飲料ね。他はお茶と、温かいものだとブラックコーヒーも出るかしら」

「ブラックですか？」

意外な答えが返ってきて驚いた。

客のほとんどが高校生なのに、ブラック？　カフェオレあたりだと思い込んでいたけど、違うの？

「そう。男の子はね、かっこつけたいお年頃みたいよ。彼女と一緒に来ると、ブラックを買う子も多いの」

それは目からうろこだ。

「そうでしたか。弊社にもブラックコーヒーの取り扱いがありますので、ご検討いただけるとうれしいです」

そこでまた絶妙のタイミングで十文字くんからパンフレットを渡される。

「こちらなんですが、苦みは控えめの商品でして、高校生の男の子にも飲みやすいかと」

「あら、いいかもしれないわね」

「今度、サンプルをお持ちしますね」

私たちはパンフレットを手渡して、店を出た。

ごり押しもよくない。引くときは引かなければ。この塩梅（あんばい）が難しくてときどき失敗してしまう。

退店すると、制服を着崩した背の高い美男子が、気だるそうにこちらに歩いてくるのが視界に入った。

遅刻かしら。

シャツの第一ボタンをはずしネクタイを緩めている彼は、髪をほんのりブラウンに染めている。教科書入ってる?とつっこみたくなる薄いカバンを肩にひっかけて歩く様子にドキッとする。

だらしがない感じは十文字くんも同じだけれど、彼の場合は計算されただらしなさだ。ちょっと悪い感じが漂う男って魅力的なのよね。

なんて、高校生相手に胸を高鳴らせている私は痛いかも。

「あ……」

彼に見惚（みと）れていると、その背後から大きなカエルが現れた。座っていても私の腰の位置くらいはあるかなりの大きさで、ペロッと長い舌を伸ばすさまや、てらてらと光る体は〝気持ちが悪い〟のひと言だ。

私は昔から、人ならざるものが見えてしまう。このカエルはおそらく、〝あやかし〟と称される類のものだ。

幼い頃は、当然他の人にも見えていると思っていたので、怖くもなんともなかった。しかしある日、あやかしに『こんにちは』とあいさつをしたら、父や母に『だれと話しているの？』と気味悪がられて、自分にしか見えていないことを知った。

それでも初めは危害を加えられることはなく空気のような存在だったが、そのうちつきまとわれるようになってしまった。突然目の前に出現されて驚きのあまり尻もちをついたこともあれば、道すがらくっつかれて『あっちに行って！』と大声で叫んだら、周囲の人から冷たい視線を浴びたこともある。

あやかしを取り除いてもらおうと、お祓いを受けたこともあるがまったく効果がなく、実に厄介な存在だ。

しかも、二十歳を越えたあたりから姿を現す数が増えてきて、とても困っている。

とはいえ、私以外の人には見えないので相談することもできない。

一瞬歩みを止めた私を、十文字くんは不思議そうな顔で見つめた。

「篠崎さん、あの男の子タイプですか？」

「は……？」

あなた、私の心の中が読めるの？　好みだけど、今はそれどころじゃないの。

「なに言ってるの？　ほら、行くよ」

車はあやかしがいる方向に停めてある。私は笑顔を引きつらせながら、意を決して足を踏み出した。

高校生はすぐ近くの横断歩道を渡って離れていき、カエルだけが私を待ち構えている。

「反対がよかった」

「なにがですか？」

「なんでもない」

泣きそうになりながら声を振り絞る。目の前のカエルが目をキョロキョロさせて、しきりに舌を出し入れしているからだ。

カエルまであと数歩。何事もなく通り過ぎることができるだろうか。

緊張で呼吸が浅くなってきたとき、「わっ！」と大きな声がして、十文字くんが派手に転んだ。その拍子に、彼が持っていたカバンがカエルのところに飛んでいき、カエルが瞬時に姿を消したので、安堵のため息が漏れる。

転んだ十文字くんには悪いけど、助かった……。

「ちょっと、大丈夫？」

なににつまずいたの？　舗装されたきれいな歩道には石ひとつ落ちていないのに。

「あはは。やっちゃいました」

彼は私が整えた髪をくしゃくしゃとしてバツの悪そうな顔で笑う。

「ケガは？」

全力疾走してきた幼稚園児のような豪快な転び方だったけど、無事なの？

「大丈夫です。心配してくれるんですか？　優しいなぁ」

彼の心配より、カエルが消えて助かったと思ったのは黙っておかなければ。

ちょっとした罪悪感を胸に、散らばったカバンの中身を拾い上げて彼に手渡す。

それにしても、まるでカエルが見えていたかのようにクリーンヒットだったな。今までで最高の仕事をしたよ、十文字くん。

「あの、さ」

「はい」

「今、なんかいた？」

もしかして、私と同じように見える人だったら……と少し期待して探りを入れたが、

「あぁ、彼なら学校に入っていっちゃいましたよ」とニコニコ顔だ。さっきの高校生のことらしい。

「そうね」

「最近厳しいですから」

「なにが？」

彼はときどき妙なことを口にするので理解できない。

「未成年に大人が手を出したらまずいですよ」

「出さないわよ！」

なんだと思ってるのよ。目の保養よ！

「バカなこと言ってないで、次行くよ」

「はい」

私は気を取り直して、彼と肩を並べて歩き始めた。

近くに停めてあった車に乗り込むと、完全に頭が仕事に切り替わる。あやかしに遭遇するのはしょっちゅうなので、いちいち引きずっているとなにもできないのだ。

私は運転席に座った十文字くんに視線を向けて口を開いた。

「ねぇ、さっき店でなにしゃべった？」

彼はあの店に入って、私と一緒に『こんにちは』と発したのみ。パンフレットを出すタイミングは最高だったが、私のうしろに立っているだけだった。

「ごあいさつを」

「あのさ、あいさつくらい小学生でもするよ？」

いや、幼稚園児だって。

ふぅ、と大きなため息を漏らすと、彼は視線をそらした。

「そのおどおどした感じがまずいの。堂々としていないと、売れるものも売れないのよ」

「すみません」

あぁ、うまくいかない。

教育係なんて仰せつかっているが、彼に成長は見られない。彼が二課に配属されて四カ月経ったものの、最初に顔合わせした頃と同じだ。

私が悪いのかな。

「私のこと、怖い？」

「いえ……」

その歯切れの悪い返事は、怖いと主張しているの？

「教育担当をだれかに替わってもらおうか？」

課長に直訴すれば考えてくれるはずだ。私ははっきり物を言うタイプなので、もっと優しく指導する先輩のほうが向いているのかも。

「いえっ、篠崎さんがいいです。篠崎さんに叱られると、ギュッと気持ちが引き締まるんです！」

彼にしては珍しく大きな声での反論で、私は正直驚いた。

でも、まさかのドM発言？　いじめられると、キュンとしちゃうタイプ？

「そ、そう。それじゃあ、頑張りましょう」

「はい」

次の店に移動するために十文字くんが車を発進させたあと、再び話し始める。

「ところで、さっきのブラックコーヒーの話。十文字くんもそう？」

彼の高校生時代を想像してても、どうしても彼女の存在は浮かんでこないが、かっこつけたいという願望はあったかもしれない。ただ、会社ではコーヒーに砂糖もミルクも入れているような気はする。

「僕は……。甘いコーヒーを飲んでいました」

「想像通り」

「はいっ？」

小声でのつぶやきを拾われて「なんでもない」と付け足す。

「篠崎さんは、ブラックを飲む男が好きなんですか？」

まさか逆に質問されるとは。

「うーん。高校生くらいの頃はかっこいいと思ってたかもね。でも、今はどうでもいいや」

最近はそんなことに目が行かない。

というか、男運が悪くて彼氏もいない私には、コーヒーをブラックで飲む人でないとダメなんて余計なチェック項目を加える余地はない。

「そう、ですか。よかった」

よかったって?

よく意味がわからなかったが、十文字くんはそういうことも多いので黙っておいた。


「十文字くん、先に行ってみて」

次の得意先、『スーパーまるは』では彼を先立たせた。私が話しだすと口を挟む余地がないのかもしれないと反省したからだ。

「は、はい」

あきらかに不安げな表情を浮かべる彼だけど、私の指示には逆らえないらしい。

ここは地域密着型のスーパーだ。店の規模は決して大きくはないが価格が控えめなおかげで近所の人たちに重宝されていて、いつ来ても店の前には自転車がずらっと並んでいる。

「こんにちは。エクラです。いつもお世話になります」

十文字くんは裏口から店内に入り、事務所にいた店長にまずはあいさつをした。ここまでは上出来だ。

「おぉ、エクラさん。朱雀の売り上げ、好調だよ」

「ありがとうございます」

十文字くんと声がそろう。

ここは以前から取引があるが、先月、ほんのり赤みを帯びたエールビールの朱雀を採用してもらったのだ。

ビールにもいろいろ種類があり、どの会社も大量生産しているのは、下面発酵で造られる〝ラガー〟というタイプのもの。

製造の過程で酵母がタンクの底に沈んでいくので下面発酵と言われる。低温発酵で雑菌が繁殖しにくいため、大量生産されているビールはこのタイプが多い。ラガーの中でも〝ピルスナー〟という種類が主流となっている。

一方、〝エール〟は、上面発酵。こちらは昔ながらの製法で、のど越しのラガーに対して濃厚で芳醇な香りを楽しめる。

当初この店のお酒の棚は、他社のラガーばかりだった。そこに参入したくて、エールビールをすすめたところ差別化に成功して、それからずっとエールを納入している。

その流れでエールの新商品、朱雀も採用となったのだ。

「あれはコクがすごいね」

「ありがとうございます」

十文字くんは丁寧に腰を折る。

「でも、キンキンに冷やした他のビールには劣るんだよなぁ」

店長はかなりののんべえで、店頭に並んでいるビールはすべて試飲済みだ。

「そうですね」

ちょっと、十文字くん！　相槌だけ打っていても商品は売れないのよ？

彼の押しの弱さは以前から気になっていたが、こんなときに顕著に表れるなんて。

「エールビールは、もともとヨーロッパでよく飲まれているのですが、実は常温で楽しむことが多いんですよ」

我慢できなくなった私は口を挟んだ。

「常温？」

「はい。常温でいただくと香りが引き立ちますが、日本ではやっぱり冷やしますよね」

「そうだね。常温で飲む人なんて知らないな」

冷えたビールを一気にのどに送るタイプのＣＭだらけだもんなぁ。それも、ラガーが主流だからなのだけど。

「実は私、エールビールは料理と一緒に。ラガーはお風呂上がりにと決めているんです」

「料理？」

「店長がおっしゃる通り、お風呂上がりのキンキンに冷えたビールは最高ですのでラガーをチョイスします。でも、エールはワインのようなフルーティな香りも楽しめますし、味わいも豊かです。食事のときにぴったりなんです」

なんて、いつもそうではないのだけど。

「なるほどね」

店長が腕組みをして感心しているのでもう一押しだ。チラリと十文字くんを見たものの、彼は固く口を閉ざしたままで会話に参加する様子もない。

「このお店から、そういう飲み方を広げませんか？　〝通も唸る〟みたいなキャッチフレーズをつけて、エールビールに合いそうなレシピも一緒に提供したら、食材まで売れて一石二鳥ですよ？」

とっさに考えついたことを提案すると、店長の眉が上がった。

「おもしろそうだね。他のスーパーではやらないことをやりたいんだよね」

「よろしければ、レシピはこちらでご用意します。魅力的な棚を作りますので、弊社の朱雀をエンドで展開していただけないでしょうか」

エンドというのは定番の棚の両端に位置するスペースのことで、大きい通路に面しているので客の目に留まりやすい。この場所を取れると、売り上げがかなり伸びるのだ。

「棚を作ってくれるの？」

「はい。十文字が得意ですので」

私が十文字くんに振ると、彼はハッとした表情をしてコクンとうなずいている。

そこは大きな声で『はい』でしょ？

彼は口下手だし会社のデスクも散らかっているが、棚作りだけは得意なのだ。

「レシピは私にお任せください。何種類かご用意します」

店長は乗り気に見える。ここはごり押しが正解かな？

「担当者と相談するよ」

「ありがとうございます。近いうちにまたうかがいます」

十分すぎる手ごたえを得た私は、十文字くんと一緒に店を出た。

再び車に乗り込むやいなや口を開く。

「十文字くん、効果的なディスプレイを大至急考えて」

「でも、まだ相談するとおっしゃっていただけで決定ではないですよ？」

そのへっぴり腰が営業には向いてないのよ。

「バカね。棚の配列もレシピも完璧にして次に持っていくの。そうしたら断りにくいでしょ？」

「なるほどー」

感嘆のため息をつく彼をこうした駆け引きができるように成長させるのが私の仕事だ。でも、腹黒さの欠片も見えない彼にどうしたら教え込めるのか、さっぱりわからない。純粋な彼を穢しているような罪悪感すらある。

「十文字くんのやり方だと棚落ちするよ」

棚落ち、つまり棚から商品が消えることだ。

「篠崎さんが、相手の言葉をあからさまに否定してはいけないと教えてくれたので」

なるほど。それで店長の話に相槌を打っていたということか。

一応、以前注意したことは頭の片隅に残っていると確認できたが、今日の場合、彼の対応は間違っていた。

「そうねぇ。店長の意見を尊重したのはよかったけど、営業トークになってないのよ。こちらの要求もさりげなく伝えないと。私、朱雀を推したけど店長の言葉は否定してないはずだよ。ちょっとさっきの会話を巻き戻してみて。って無理か」

テレビなら再現VTRがあるが、録音していたわけではないし。

「わかりました。巻き戻しますので少しお待ちください」

「は？」

冗談のつもりだったのに、彼はすこぶる真剣な表情だ。

「店長がおっしゃる通り、お風呂上がりのキンキンに冷えたビールは最高ですのでラガーを――あれっ、否定してない？」

十文字くんが私の発言をそっくりそのまま口にするので、目が点になる。

「まさか覚えてるの？」

会話を全部覚えてるということ？ もしかして、このヘタレのへっぴり腰くんって、相当賢い？

「はい。篠崎さんがそうしろとおっしゃるので」

いや、そうしろと言われてもできないのが一般人だよ？ あなた、何者？

「十文字くんって、本当はすごく賢いの？」

ストレートすぎる聞き方をしてしまいちょっと後悔したものの、彼に遠回しな質問をしてピタッと答えが返ってきたことがないので、これでいいと思い直した。

「さあ、わかりません」

彼はごまかしている感じもなく、ごく真面目に答える。

「どうしてそんなことを聞くんですか？」

「どうしてって、なんとなく会話を思い出せても、完璧に再生なんてできないでしょ？」

「できないんですか!?」

彼はできないなんて初めて知った！という様子で、興奮気味に身を乗り出してくる。

あー、今のグサッときた。できないなんてバカなの？と言われたのも同じだ。

「できないわよ！」

「そうなんですか。できないのかー」

しきりに感心しているけれど、もしかして今まで知らなかった？　賢すぎる人は、一般人の苦労なんてわからないとか？

「ねえ、そんなに記憶力がいいのに、どうして毎朝遅刻ギリギリで、髪がボサボサなの？　早起きしなさいって注意されたこと、覚えてるんでしょ？」

「もちろん覚えてますけど、できないものはできません、はい」

自慢するところじゃないから、そのしたり顔はよしなさい。

「そうよね」

朝起きられないのは意思が弱いからであって、忠告を覚えていることとは関係ないか。

残念ながら納得せざるを得ない。

「でも僕、ときどき記憶がないんですよね」

「ん？」

記憶がない？

「いや、なんでもないです」

「なんでもないって、なにかの病気だったら怖いじゃない。病院は？」

「篠崎さん、心配してくれるんですか？」

キラキラした目で思いがけない言葉を返され、すぐに返事ができない。

「そ、そりゃあ、そうでしょ。後輩なんだから」

特に深い意味はないよ？

「ありがとうございます。うれしいな」

もっと深刻な話をしていたはずなのに、喜ばれてしまった。

「病院、行ってきなさいよ」

「わかりました」

「それで、なんの話だっけ？　あぁ、そうそう。店長の言葉を否定しなかったのは二重丸。でも営業としてはその先がないとね。相手の言い分は認めて持ち上げたあと、こちらの考えも伝える。それで、こっちの意見もおいしいよ、とさりげなく誘う。ここまでできたら完璧かな」

これぞ営業トークというものだ。

人は、自分の意見をあからさまに否定されるといい気はしない。否定から入ると耳を閉ざしてしまうので、持ち上げておいてこちらの提案にのってもらうのが正解。

「うわー、策士ですね！」

彼は小さく拍手をくれるが、まったく褒められている気がしない。策士って……〝腹の中どす黒いですね〟と指摘された気分だ。

とはいえ、嫌みではなく素直に褒めているように見える彼にはなにも言えない。

「でも難しいなぁ。できるかな」

「〝否定しない〟はできてるんだから、あとはどうにかして売りたいという気持ちを持てばいいんじゃない？」

そうすればおのずとなにを口に出せばいいのかわかってくるような気もするけれど、難しいか。

「売りたい気持ちですか。そんなの今までなかったな」

え……？

まさかの告白に開いた口がふさがらない。

「念のために聞くけど、営業ってなにする部署か知ってるよね」

「はい。エクラの商品を広く知っていただくために活動する部署です。最初に課長がそう教えてくださいました」

知ってもらうだけなら、広報の仕事でしょう？

もしかしてすごく賢いのでは？と思ったのは撤回。不思議ちゃんだわ、この人。

「あのねぇ、ノルマノルマって皆叫んでるでしょ？　営業は売らないと始まらないの。

知ってもらうだけじゃ飯は食えないのよ！」

まだ研修の身の十文字くんにはノルマが乗っていないのでピンとこないのだろうか。

その分、私にオンされているんだけど。

「ご飯が食べられなくなるんですか？　それは困ります」

若干ずれた返答に頭を抱える。

「そうでしょ？　だから売らないといけないの」

彼との会話に疲れてきた私は、適当にクロージングしてしまった。

それからしばらくは会話もなし。昼食をファミリーレストランで済ませたあとは新規開拓の時間だ。

私たちはレストランから車で十分ほどの串さとに向かった。

「串さとはガイア一筋だから、ビールは難しそうよね。で、サワーあたりから入ろうかなと思ってるの」

ガイアのラガーもエールも納入されているので、簡単に変えてくれるとは思えない。

ただ、サワー系は積極的に営業をかけているようには見えないこともあり、もしかしたらという可能性が十分にあると踏んでいる。

「ですが……」

　彼は今朝から串さとの話を出すといい顔をしない。

「ねえ、新規開拓を恐れていては、実績は上がっていかないんだよ。ノルマも結構きついんだから既存の店だけでは無理なの」

「……はい」

　新規開拓は初めてではないのに、なにをそんなにためらっているのだろう。

「店長は、中島（なかしま）さん三十四歳。最近二号店を出すという噂（うわさ）もあるんだよね」

　調べてあるデータを見ながら、運転している十文字くんに話しかける。知っておいてもらいたいからだ。

「正社員は五人。あとはバイトね。……名物の串揚げは牛脂百パーセントの油で揚げていて、衣にも味の秘密が隠されているんだって。おまかせ串揚げセットとご飯、サラダ、デザートに飲み放題をつけて三千五百円。お値打ちだね」

　こうした情報は相手と話を弾ませるのに重要だ。まったく知らずに乗り込んでいっても、会話が続かない。

「調べたのはそれだけですか？」

「ん？　あとは、納入されているビールは――」

　十文字くんが珍しく食いついてきたので、肝心の酒類の話も付け加えた。

　串さとの前に到着しても、彼は浮かない顔をしている。と思ったが、いつもこんな顔をしているか。

「ネクタイ曲がってる」

「すみません」

朝直したはずのネクタイがまた曲がっていたので、車を降りる前に整える。

これも教育のうち？　違う気もするが、自分が気になるので仕方ない。

「それじゃあ、行くよ。ここは私が話をするね」

「はい」

彼にはまだ新規開拓は早い。既存店でうまく立ち回れるようになってからだ。

店の近くのコインパーキングに駐車したあと、相変わらずしかめっ面の十文字くんを連れて店を訪ねた。

実は以前、アポイントを取るために電話を入れたことがある。しかしエクラの名前を出しただけで『いりません』と切られてしまった。

相手にされないケースもよくあって、電話がダメなら実際に訪問するのみ。話を聞いてもらえない可能性はおおいにあるけれど、こちらの本気度を伝えなければ。

「こんにちは」

緊張する局面ではあるが、十文字くんの前でひるむのもかっこわるい。笑顔を作って声をかけた。

すると、厨房の奥から店長の中島さんが顔を出す。ホームページに店長紹介が載っているので彫りの深い顔を知っていたのだ。

「すみません。まだ準備中なんです」

よかった。電話の印象から怖い人かと身構えていたがそうでもなさそうだ。

「突然申し訳ありません。こちらは十文字です」

申します。こちらは十文字です」

名刺を出してあいさつをする。ここで追い返されることもしばしばあるが、なんと受け取ってくれた。

ただ、私の名刺のみで十文字くんはスルー。一枚もらってもらえれば十分だけど、彼はショックかもしれない。

「うちはガイアビールに世話になってるんだよ」

「はい。存じております。弊社はビール以外の取扱量が多いのが強みでして。サワーやジュースなどをご検討いただけないかと本日訪問させていただきました」

ここまで話せるとはラッキーだ。

「サワーね。たしかに新しいバリエーションは欲しいけど」

それを聞き、心の中でガッツポーズ。

相変わらず十文字くんはだんまりを決め込んでいるものの、今はかまっている余裕がない。

「担当は、篠崎さんが？」

「はい。私と十文字で担当させていただければと思っています」

十文字くんにチラッと視線を送ったが、にこりともせず直立不動。営業なんだから作り笑いくらい覚えてほしい。

でも、意外にもとんとん拍子じゃない？

「そう……」

中島さんは十文字くんには目もくれず、なぜか私を凝視する。

「少し話を聞こうか。あぁ、むさくるしい君はいいから、篠崎さんだけで。こっち来て」

「はい」

あっさり十文字くんは拒否されてしまい、私だけ手招きされる。

ボサボサ髪で清潔感のない姿が嫌われた？　やっぱりもう少しなんとかしなければ。

私は十文字くんに〝そこで待ってて〟と目配せしたあと、中島さんに続いた。彼は個室になっている座敷席に上がっていく。

「失礼します」

私も足を踏み入れると障子を閉められて驚いたが、商談なので密室を好むのかもしれない。

ただ、他の従業員は見当たらず、まだ出勤前のようだけど。

「それで、サワーだっけ？」

テーブルを挟んで座るかと思いきや、中島さんは私を促した隣に腰を下ろす。

「はい。居酒屋さんに卸しておりますサワーは、こちらのパンフレットにございますように――」

私はパンフレットをテーブルに出して説明を始めた。

最初こそ熱心に耳を傾けていた彼が、なぜか私たちの間にあった隙間を詰めてくるので、嫌な予感がする。

「一番人気はこちらのレモンでして」

「篠崎さん、彼氏は？」

「いないんですよ。モテなくて。あはは」

関係ないことに言及されて、苦笑しながら体を固くする。

「かわいいのに、もったいないね。俺と付き合わない？　そうしたらうちの店のサワー、全部おたくのに変えてもいいよ？」

あぁ、やっぱり。十文字くんを締め出したときからおかしいと思っていたのよね。

予想通りの展開になりため息が出そうになる。

彼氏はずっといないけど、私はそんなに安い女じゃないの！

どうしたら機嫌を損ねずに断れる？

「ありがとうございます。彼氏はいませんが、好きな人はいるんです。ごめんなさい」

差し障りのなさそうな答えを選び、曖昧（あいまい）な笑みを浮かべる。

「そう、それは残念だ」

よかった。あきらめてくれた！

「それで、こちらのレモンサワーなんですがアルコール度数……キャッ」

話をもとに戻そうとしたのに、なぜか腰を抱かれて体を仰け反らせた。

「それじゃあ、付き合わなくていいよ。篠崎さん、俺のタイプなんだよね。なにが言いたいかわかるだろ？」

わかるけど、わかりたくない。

「いえ……」

「ちょっと試してみる？　あの男、追っ払ってよ」

「はっ？　やめてください」

腕をグイッとつかまれて抱きしめられたので、思いきり胸を押して拒否をする。

「なんだよ。強情だな」

「ちょっ、嫌！」

叫んだ瞬間、障子が開いた。

「お前、なにしてんだ」

怒りの形相の十文字くんが、中島さんの首根っこをつかんで私から引き離す。

「汚い手で彼女に触れるな」

中島さんの腕をいとも簡単にひねり上げているのは、どう見ても十文字くんだけど、だれ？と聞きたくなる。

いつも自信なさげにおどおどしている彼の姿はなりを潜め、黒縁メガネの奥の目は眼光鋭く中島さんをにらみつけているのだ。

「離せ。契約が欲しいんだろ？　お前は外で待ってろ」

「つぶれゆく店の契約に、彼女を差し出せと？」

つぶれゆくって……。こんなに繁盛しているのに？

唖然(あぜん)としていると十文字くんは続ける。

「従業員のひとりを妊娠させて結婚の予定あり。しかし、客にも手をつけていてトラブルになっている女たらし」

「は？」

間抜けな声が出たのは私だ。それ、中島さんのこと？

「手を出された客の女がお前の結婚を知り、ＳＮＳで関係を暴露した。で、非難の嵐。

女が関係を決定づける写真まで公開したから、ここ一週間は客入りも激減。店の信用はがた落ちで、二号店など夢のまた夢」

強い口調で言い放つ十文字くんは、中島さんの腕をさらに締め上げる。

「痛っ」

「痛いのは、お前にだまされた女の心のほうだ。お前に、あやめに触れる資格なんてねぇんだよ！」

中島さんの顔がゆがむ。

ほんと、だれ？

見た目はいつもの十文字くんだけど、啖呵（たんか）を切っている姿はとんでもなく男前で、不覚にも胸が疼（うず）く。

「あぁっー！　お、折れる」

「十文字くん、ストップ！」

このままでは本当に腕の骨を折りかねないと感じたので、あわてて間に入って制した。

「チッ。あやめ、行くぞ」

「は、はいっ」

あの十文字くんが私のことを『あやめ』と呼び捨てしてる。

それだけでなく、私の腕をグイッと力強くつかんだ彼は、背筋をビシッと伸ばして颯爽と歩き、店を出て私を車の助手席に押し込んだ。

運転席に乗り込んできた彼は、先ほどからの鋭い目を今度は私に向ける。

怒ってる？

「体なんて張るんじゃねえよ」

「わ、わかってるわよ。私だってそんなつもりはこれっぽっちもなかっ……」

あれ、どうしたんだろう。今頃になって涙があふれてきた。

「たく！　隙だらけなんだよ、お前は」

あきれ顔で私を叱る彼は、驚くことに身を乗り出してきて私を優しく抱きしめる。

「震えてるじゃないか」

「……うん」

まさか、十文字くんに慰められるなんて。

「調査は念入りにじゃなかったのか？」

「そう、だけど。女性関係までわかんないよ」

女性関係なんて、調べようとも思わなかった。まさか、女癖の悪さが原因で好調だった店の経営が危うくなっていたとは。

でも客にまで手を出したとなれば、嫌厭されるのも仕方がないか。私もそんな人が店長をやっている店には行きたくない。

「ハラハラさせんな」

「ごめんなさい」

素直に謝ったはいいが、本当に十文字くん、だよね？　どうしたの？

いつもと違いすぎる様子に、これは夢ではないかと疑うほどだ。

とはいえ襲われそうになり震えが止まらない私は、彼のジャケットをギュッとつかんでしがみついていた。

「あやめ」

とびきり優しい声で名前を呼ばれて妙にくすぐったい。

「お前に触れていいのは俺だけなんだよ」

どういう、意味？

十文字くんらしからぬ男らしいセリフに、鼓動がどこまでも速まっていく。

彼は私の背中に回していた腕の力を抜いたかと思うと、熱を孕(はら)んだ眼差しで私を凝視してくる。

な、なに？

「あやめ」

もう一度私の名前を口にしながら顎に手をかけられて、息をするのも忘れそうになった。

これって……。まさか、キス？

彼の顔が近づいてくるのがわかったが、怒涛の展開に頭が真っ白になってしまい、どうしたらいいのかわからない。

こういうときは目を開いていたらおかしい？　ううん、どうして十文字くんとキスするの？

ただただ呆然としてなすがままにされていると、彼の唇があと数センチに迫り、思わず目を閉じた。

「あれ？」

しかしいつまで経っても唇が触れる感覚がなく、ゆっくりまぶたを持ち上げる。すると、十文字くんが目を真ん丸にして固まっていた。

「し、しっ篠崎さん、なにしてるんですか？　僕を襲うつもりですか？」

「は？」

まるでバネに跳ね飛ばされたように勢いよく離れていった十文字くんは、口をあんぐり開けている。

あれっ。『あやめ』から『篠崎さん』に戻ってる。しかも、いつもの十文字くんだ。

「襲うわけないでしょ！」

「だ、だって……」

さっきまでの彼はなんだったの？

「誤解よ！　十文字くんが抱きしめてきたのよ」

誤解されたままではセクハラでクビになりかねないと必死に訴える。

「あぁ、なんてことを。篠崎さんを抱きしめるなんて」

どうやら私が無理やり抱きしめたわけではないと納得したようだけど、そこまで盛大に後悔されると複雑だ。それに若干失礼な気もするんだけど。

「すみません」

「謝られるようなことはされてないから大丈夫」

襲われそうになったところを助けてくれたのは十文字くんだし。

それにしても、あの無駄に色香漂う彼はなんだったの？　いまだ心臓がバクバクと大きな音を立てている。

「えっと、店に行ってどうしたんですっけ？」

え？　まさか覚えてない？　そんなわけ、ないよね？

「どうしたって、私が店長に襲われそうになって、十文字くんが助けてくれたんじゃない」

「僕が？」

キョトンとした顔で聞き返す彼を見て、起きたばかりの出来事がすっぽり頭から抜けていると知った。

そういえば『ときどき記憶がないんですよね』と話していたけど、こういうこと？

「覚えてないなんて大丈夫なの？　脳の検査をしたほうがいいよ？」

忘れられないほど強烈な記憶のはずなのに。私はしばらくトラウマになりそうだ。

「そう、ですね」

「でも、店長の女性関係まで調べてあるとはびっくりだよ」

「……僕、その話しましたか？」

それすら覚えていないのか。本当に平気？

「うん、した」

「それは、篠崎さんに調査は念入りにするように注意されたからです。一度客として店に行ってみたら、店長が女性客に手を出したと噂話をしている人がいて、SNSに載ってたって……」

そこまで口にした彼は、スーツのすべてのポケットを確認してから「スマホがない！」と騒ぎ始めた。

「朝、忘れてきたって言わなかったっけ？」

「そうでした」

すっとぼけている彼は放置して、自分のスマホで串さとを検索すると、たしかに店長の悪い噂が出てきた。しかも、最初の発言に対して、『私もホテルに誘われた』とか『キスされそうになって逃げた』とか、わんさかリプライがついている。

「被害者はひとりじゃないんだ」

「はい。でも、匿名の書き込みなのでどこまで信じていいのか……」

それ、本気？　さっき私が襲われそうになったのを見たでしょ？

黒よ、黒！と叫びそうになったが、あのあたりの記憶がないのか。

「わかってるなら先に教えてよ。危なかったんだから」

「だって、どうしても行くと譲らないから」

なるほど、それで朝から串さとへの訪問に難色を示していたのか。彼の精いっぱいの抵抗だったわけね。

でも、あんなに弱い訴えではわからないわよ、普通。

「ごめん。私がせっかちなところもいけないね。反省する。だけど、十文字くんも思ったことはちゃんと主張して。さっきはかっこよか――」

ちょっと待って。私、なんて伝えようとしたの？

「なんですか？」

「なんでもない。とにかく、営業にしては押しが弱すぎなの」

助けてもらったくせして、啖呵を切った姿や、熱く迫ってきた彼を思い出すと妙に照れくさくて適当にまくし立てる。

「はぁ」

「えっと……。今日は会社に帰りましょう。スーパーまるはの棚についても決めないと。レシピも依頼しないといけないし」

「わかりました」

不測の事態に冷静さを欠いていると自分で感じた私は、その後の新規開拓の予定を変更して帰社することにした。

「お疲れ様でした」

十八時を過ぎた頃、続々と社員が退社していく。

「十文字くんも今日はもういいよ。やっぱり棚に関するセンスは抜群だね」

彼に陳列案をイラストで起こしてもらったら、なかなかいい感じに仕上がった。

この調子で自分のデスク周りも片付ければいいのにそうもいかないらしく、今日も書類が雪崩(なだれ)を起こしていた。

「ありがとうございます。それではお先に」

「あっ、明日は早めに出社してよ。それと、病院もちゃんと考えて」

「わかりました。お疲れ様でした」

　私を助けてくれたときとはまるで別人のようにぼそぼそと話す十文字くんは、丁寧に頭を下げてから帰っていった。

「病院って？　十文字くん、どこか悪いの？」

　私たちの会話を聞いていた真由子がたずねてくる。

「ちょっとね。ねぇ、飲みに行かない？」

「いいよ。もう終わるから待ってて」

　串さとのことや、十文字くんのことを相談したくて真由子を誘った私は、仕事に一区切りつけてパソコンの電源を落とした。

　真由子と行く店はいつも決まっている。どちらの担当でもなく、エールビールを常温で出す珍しい店だ。

「今日はラガーの気分だから、潤生（じゅんなま）」

　潤生はエクラでもっとも売り上げがあるラガーのピルスナー。

　そろそろ秋の足音が聞こえてくるかと思いきや、夕方になってもなかなか気温が下がらなかった今日は、冷えたラガーで体の火照（ほて）りを抑えたい。

「あやめがエール飲まないなんて珍しい。それじゃ私も潤生」

ジョッキでもらって乾杯だ。カチンとグラスを合わせたあと、グビグビのどに送る。

一気に半分くらい飲み進んだあとテーブルに置いた。

「プハーッ。仕事のあとのビール、最高」

「あやめ、おっさん化してるけど大丈夫？」

真由子は涼しい顔で上品に枝豆をつまんでいる。

「いいの。どうせ私なんて、あんな……」

串さとの店長に抱きしめられたことを思い出して、思いきり眉をひそめた。

「なにがあったの？　なんか今日は、十文字くんいびりが少なかったよね？」

「はっ？　いびってないわよ。教育でしょ、教育」

彼女の指摘通り、帰社してからはなにも口出ししなかった。どうやら彼は記憶にないらしいが助けてもらった恩もあったし、なにより動揺したままで十文字くんどころではなかったのだ。

「実は――」

私はさらにビールを口に運んでから、今日あった出来事を彼女に打ち明けた。

「うわー。最悪」

「うん。まだこのへんとか気持ち悪くて」

中島さんに触れられた腕をさすると、「かわいそうに」と真由子がしかめっ面をしている。

「犯罪じゃない。警察行く?」

「十文字くんが助けてくれて被害がなかったからそこまでは考えてない。もう思い出したくもない」

後半が本音だ。

「串さとね……。評判よかったのに、女に足下すくわれるとは」

「自業自得よ」

そこに店員が料理を持ってきたので口を閉ざす。

私たちが飲料メーカーの人間だということは、来店しにくくなるので秘密だ。

真由子はスマホを操作して、SNSを調べ始めた。

「キスしてる写真まで載ってる。これが結婚相手じゃなかったら完全にアウトね」

「それ、浮気相手みたいよ。結婚するなんて聞いてないってキレてるもん」

「ほんとだ」

さらに確認した真由子は、あきれ顔でスマホをテーブルに置いた。

「それにしても、十文字くんが助けるなんて想像できないんだけど」

海老（えび）ときのこのアヒージョを口に運ぶ真由子が、しきりに感心している。

「そうなのよ。別人みたいでびっくりしたの。『汚い手で彼女に触れるな』って啖呵切ってさ」

「え！」

彼女が目を丸くするのも無理はない。十文字くんが会社ではそんな姿を一度も見せたことがないからだ。毎日のように一緒に行動している私も今日が初めてだった。

「正直、ちょっとキュンとしたのよ。すぐに我に返ったけど」

なんて話しつつ、彼の唇が迫ったとき受け入れそうになった自分を思い出していた。

我に返ったのは十文字くんのほうだ。

「あはは。あの髪形とか服装とかなんとかしたら、すごくイケメンだったりして。あれじゃあ得意先ウケもよくないでしょ？」

私はうなずいた。特に女性人気がない。

「いろいろ言ってはいるんだけど、どうしたらいいかわからないらしいのよね。あんまりファッションに興味がないみたいで」

以前、ファッション誌をさりげなく渡したことがあったが、『かっこいいですね、この人』と完全に他人事だった。たしかに私もファッション誌のモデルを見て、こうなれると思った経験はないけれど、少しは興味を持てばいいのに。

「もう、あやめが改造しちゃえばいいじゃん。それで営業先からも評判がよくなって実績が上がれば御の字でしょ？」

「まあ、そうね」

営業力以外の魅力で契約をもぎ取るなんて邪道な気もするが、だれだって好感が持てる人から商品を買いたいもの。

無論、女を武器にして営業をかけたりしないし、あの店長のような人は断固お断りだけど、クライアントによく思われるのは大切なことだ。

「改造か……」

ちょっと興味あるかも。あのボサボサ頭をすっきりさせて、スーツもサイズをきちんと合わせて、メガネをコンタクトにするとか？　どんなふうに変身するのか見てみたい。

「ちやほやされるくらいのほうが、自信がつくかな。今は覇気がなさすぎるし、おどおどしてるのよね」

そう漏らすと真由子は同意を示すようにうなずく。

「うんうん。いつも小声だし、ちょっと反論されるとすぐに意見を引いちゃうし。自信がないのかもよ？」

私だってそれほど自信があるわけではないが、彼はなさすぎる。

「やってみるか」

「うん。助けてもらったお礼もかねて、デート行っておいで」

「デートじゃないからね！」

私は真由子にくぎを刺しながら、十文字くんが変身したあとの姿を勝手に想像し始めた。

真由子と別れて最寄り駅から自宅へ向かう途中で、嫌な空気に包まれてしまった。

「また？」

この気配は、あやかしが近づいてきたときの合図だ。

あと三分もあれば家に着くのに、ついてない。

「うわっ」

身構えていると、ふわっと目の前にまたあのカエルが姿を現した。

長年の経験から、怖がると喜んで絡んでくることを知っている。だから無視するか、一喝するのが一番だ。

「まったく」

よりによって、気分が沈んでいる今日現れなくても。

私はとりあえず無視を決め込み、無表情でカエルの横を通り過ぎた。けれど横に並んだ瞬間、ペロッと長い舌を出されて全身に悪寒が走る。

まずい。ビクッと反応してしまった。

案の定、カエルはピョンと跳ねて私に跳びつこうとするので手で叩く。

うわっ、ぬるぬるしてる。最悪だ。

内心嫌悪感を覚えながらも、なんでもない顔をしてもう一度足を前に進めた。しかし今日はしつこい。もう一度跳びかかってくる。

「なんなの？」

いったい私になんの恨みがあるの？　私はごく普通に生活しているだけでしょ？　あやかしに迷惑をかけた？

再び手で払うと、一旦離れたカエルは目をキョロキョロと動かしたあと、今度は長い舌を私の首めがけて伸ばしてきた。

「んっ」

抵抗する間もなく首に巻きついたそれは、すさまじい力で私を引っ張り、道路に叩きつけた。こんなことをされたのは初めてで、パニックに陥る。

なにこれ……。だれか……。だれか助けて！

声が出せず心の中で懇願するも、人気（ひとけ）はなく気づかれることもない。

カエルの姿は見えなくても、道の真ん中でもがく私に気づく人がいてもおかしくはないのに。周囲に人影がないとわかっていて襲ってきたとしか思えない。

ぐいぐい絞め上げられて、必死に手で舌をはずそうとするもびくともしない。

私、このまま死ぬの？　なんで？

絶望で涙がこぼれそうになった瞬間、空から人が降ってきて、カエルをひと蹴りで蹴散らした。

助かっ、た。

絞められた首を押さえ、深呼吸して酸素を貪る。空気がこんなにおいしいものだと初めて知った。

「ふざけんな！」

情けなく転がるカエルに向かって低い声で牽制したその人は、胸まで届くサラサラの銀髪をなびかせている。古代紫の長着に漆黒の馬乗り袴をはき、黒地に金糸で刺繍が施された膝下まである長い羽織を纏っていた。

「あやめに手を出すとは、いい度胸だ」

初対面のはずなのに、どうして私の名前を知っているの？　しかも、どこから飛び降りてきたの？　近くにそれらしき建物はない。

すごんだ彼が足を踏み出すと、カエルはあっさり消え去った。

「大丈夫か？」

振り向き、座り込んでいる私のところまで歩み寄った彼の襟元は乱れ、たくましい体躯を想像させる大胸筋が見え隠れしている。

「ありがとうございました」

「いや。お前が無事ならそれでいい」

彼は優しい笑みを浮かべた。

あれっ、どこかで見たことがあるような。

なんとなく十文字くんと口元が似ている気がする。しかし、十文字くんにこんなことができるはずもなく、髪の長さも色も違えば、彼には十文字くんにはない目力がある。

やはり別人だ。

私に手を伸ばしてきた彼は、絞められた首にそっと触れ、眉をひそめる。

「こんな白い肌に傷をつけるとは」

「えっ……。あっ」

彼が唐突に私の肩を引き寄せ首筋に唇を押しつけてくるので、目が点になる。それに加えてペロッと舐められ、完全に思考が停止した。

今度は違う意味で酸素が肺に入ってこない。

状況を呑み込めない私がカチカチに固まっているうちに離れていった彼は、私の耳元でささやく。

「これで大丈夫だ。こんなに真っ赤になって。お前、仕事中からは想像できないくらい初心なんだな」

「えっ……」

「もう泣くな。俺が守ってやる」

私の頬に伝っていた涙を大きな手で拭った彼は、一瞬にして姿を消した。

き、消えた？　あの人は、だれ……？

どうして空から降ってきたのかとか、あやかしが見えるのかとか、その和装姿はなんなのかとか、聞きたいことがたくさんあったのに、なにひとつとして疑問が解決されないまま取り残された。

「どうされました？　大丈夫ですか？」

「あっ、大丈夫です。転んでしまって。ドジですよね」

ようやく通りかかったスーツ姿の男性が声をかけてくれたので、あわてて立ち上がる。

「お気をつけて」

「ありがとうございます」

深々と頭を下げた私は、その男性のあとを追いかけるように足を進めた。

今はとにかく家に入りたい。

その後は何事もなく、マンションの部屋に駆け込んだ。焦りからなのか走ったからなのか、全身に汗をかいていて実に不快だ。

あやかしにはたくさん遭遇してきたが、命の危機を感じたのは初めてだった。

最近、姿を現すあやかしの数も増えているし、凶暴化しているような気もする。

ヤツらはちょっと疲れているときとか、気が弱っているときによく顔を出す。私の心理状態をわかって狙ってきているのだろうか。

「なんで……」

洗面所に行き鏡に自分の姿を映したが、あれほど強く絞められた首には痕ひとつ残っていない。

あの銀髪の男がこのあたりを舐めたあと、『これで大丈夫だ』と口にしたけれど、傷を消してくれたの？　そんな不思議なことができる？

それに『仕事中からは想像できないくらい初心なんだな』とつぶやいたが、私を前から知っているの？　でも、空から降ってきたし。

もしかして彼もあやかしの仲間？　私が知らないだけで、良心的なあやかしもいるのかも。

「俺が守ってやる、だって」

私が抵抗してもびくともしなかったカエルをたったひと蹴りで退けた彼は、クールで男らしかった。

「本当に守ってくれる？　また会えるかな」

しかし、彼がどこのだれなのかわからない私には、再会を願うしかなかった。

翌日は金曜日。昨日とは違い曇り空で、心地いいビル風が頬をなでていく。

カエルに襲われたあとではあるが、気持ちを引き締めて仕事に頭を切り替えた。

十文字くんは、始業二分前に滑り込んできてセーフ。ハラハラしているのは私だけで、彼は涼しい顔をしている。

やっぱり似てる？

ぷっくりした下唇が、昨日の銀髪の人によく似ている。

しかし、十文字くんからはカエルを蹴散らす姿は想像できないし、『俺が守ってやる』なんてしびれるようなセリフが出てくるとも思えない。

でも、串さとの店長を牽制したときの彼なら、できる？　いや、さすがに別人よね。

毎日恒例の服装、髪形チェックをしていると、真由子が含み笑いをしている。おそらく、私が〝デート〟に誘うと思っているからだろう。彼女も変身した十文字くんに興味津々なのだ。

「今日はフォローアップと、新規一軒行くからね」

「大丈夫ですか？」

昨日の今日だから、彼なりに私を気遣っているのかな。

「大丈夫。あんなことでへこんだりはしないから」

本当はかなりへこんでいる。けれども、後輩の前で弱みを見せたくなかった。

「そう、ですか」

『僕が先に行きます！』くらいの発言を期待したいところだが、十文字くんには無理だろう。

私たちはそれからすぐに会社を飛び出した。まずは数軒の得意先に顔を出して、あいさつを済ませる。特に用がなくてもこの作業は重要だ。

気にかけていますよという態度を示しておかないと、すぐに他社に持っていかれる。店の棚には限りがあるので場所取り合戦が常に行われているのだ。

訪問して担当者にあいさつをしたあとは、実際に店内の棚に赴いて、時には陳列を直したりもする。そのときに他社の新規採用があったとか、棚落ちしたといったことも、もちろんチェック。

「ここ、黒ビール入れたいね」

スーパー『バリューショップ』の棚で陳列を直しながら十文字くんに漏らす。

「黒ビールですか。どうして？」

「ガイアのこれ一種類しかないもの」

黒ビールは、淡黄褐色の麦芽だけでなく、高温で焙煎(ばいせん)された濃色麦芽を加えて造られたもの。文字通り黒いビールだが、ラガーでもエールでも黒いビールはひとくくりに黒ビールと称されるので、味わいが随分異なる。

納入されているガイアの黒ビールはラガー。それならエールの黒ビールがあってもいい。

「なるほど。エールの黒を入れるわけですね」

「そう。わかってきたじゃない」

ガイアの商品を手にした十文字くんがつぶやくのでちょっとうれしい。今まで教えてきたことが身についてきていると感じたからだ。

そういえば彼は記憶力抜群だった。知識は身についているけれど、気づかないだけか。

「というわけで、山本(やまもと)さんにそれとなくアピールしてみようか」

「もしかして、僕がですか?」

「いつまで新人気分なのよ」

そろそろひとり立ちしてもらわないと困るんだけど。

「すみません。でも僕、ずっと篠崎さんと一緒がいいです」

思いがけない言葉に驚く。

叱ってばかりなのに……と思ったけれど、彼のドM疑惑がますます強くなった。

「いつまでもそういうわけにはいかないのよ。会社だって、十文字くんに期待してるんだから」

「期待してます？」

その質問には答えにくい。

今のところはさほど期待されてはいない。なにせこの消極的な性格が営業に向いていないのでは？と課長にもささやかれたことがあるくらいだし。

ただ、教育係を仰せつかった私としては、一人前の営業マンにするのが目標だ。

「十文字くんって営業嫌い？」

「大好きですよ」

本気？と口から出そうになりなんとかこらえた。

まさか大好きと返ってくるとは。自分に向いていないとは思わないのだろうか。

だって、コミュニケーションを図るのは苦手そうだし。

「内勤のほうが好きかなーと思ってたんだけど」

「篠崎さんが一緒ならどこでもいいです」

どういうこと？　なつかれちゃった感じ？　とりあえず、毎日のようにお小言を漏らしているのに嫌われているわけではなさそうだ。

「あはっ、それじゃあアピール頑張ろうか」

「わかり、ました」

あからさまに意気消沈したけど、平気かしら？　十文字くんだけでなく、私まで緊張してきた。

そんなことを考えていたら、バックヤードに戻る途中、転がっていたビール瓶につまずき足をひねってしまった。

「痛たた」

「大丈夫ですか？」

スニーカーなら無事に着地できたはずなのに、ヒールというものは厄介だ。

「大丈夫。瓶、片付けてくれる？」

どうやら近くにある回収ボックスから転がってきたようだったので、十文字くんに頼む。

ガイアの瓶じゃない。

ひねった右足首に触れながら彼が手にした瓶を見て、損をした気分になった。でも、ガイアが悪いわけではないし。

すぐに戻ってきた十文字くんは、しゃがみ込み私の足首に触れてくる。

「痛いですか？」

「あぁ、本当に大丈夫！」

彼に邪な考えがないのはわかっているが、いきなり女性の脚に触れたりしたらまずいでしょ？　私じゃなかったら、警察呼ばれるかもしれないよ？

親切心があだとなる社会もどうかと思うけど。

幸い少しひねっただけのようだ。問題なく歩けそうでホッとした。

「心配してくれてありがとう。平気そうだから、営業頑張ろう」

いきなり脚に触れてきたのは彼の純粋さゆえだろう。そう感じた私は、お礼を口にして笑顔を作った。

一応納得した様子の十文字くんと一緒にバックヤードの奥に行くと、商品の発注作業をしていた山本さんを見つけた。

「頑張れ」

私は小声で十文字くんに話しかけて背中を押す。

「や、山本さん」

「はい」

「えぇーっと……」

十文字くんは作業の手を止めることなく返事をする山本さんに恐れをなしているよ

しかし、興味を示してもらえないのは日常茶飯事。こちらを向かせるような話をすればいい。

私は励ます意味でトンと十文字くんの背中を叩いた。すると彼は、スーッと大きく息を吸い込んでから口を開く。

「弊社のネクスト黒スタウトをご検討いただけないでしょうか？」

えっ、ストレートすぎない？

さりげない会話から入るのが営業テクニックというものでしょう？と焦ったが、もう遅い。

「ネクスト黒ってなんだっけ」

「上面発酵の黒ビールのことです」

十文字くんはそこで固まった。

続きは？

「黒ビールは入ってるからいいよ」

「そう、ですよね」

あぁっ、押しの弱さを発揮しないで！　山本さんの意見を否定せずにこっちの話にのせるのよ？

ハラハラし通しで、口を挟もうとしたそのとき。

「こちらで採用されているガイアさんの黒ビールは、下面発酵なんです。まったく味わいが違いますので、い、一度お試しいただきたく……」

徐々に声が小さくなっていくが、なんとか意見を主張している。

「弊社の調査では黒ビールは冬場によく出ます。秋頃から置いていただいてワンシーズンお試しいただけないでしょうか」

もうこれで精いっぱいだと感じた私は、ふたりの会話に首をつっこんだ。

「冬ね。たしかに冬になると黒がよく出てるかも」

「弊社のネクスト黒はかなりの自信作でして、ドライな大人の味に仕上がっています。山本さんみたいな成熟した大人の方にはぴったりのビールなんです」

なんて、ちょっと持ち上げてみる。

「それじゃあ、今度サンプル持ってきて」

「承知しました！」

私は十文字くんと顔を見合わせて微笑(ほほえ)み合った。

車に戻ったあと、早速口を開く。

「十文字くん、頑張ったじゃない」

「篠崎さんが、売りたいという気持ちを持ってとおっしゃったので、心の中で売りたい、売りたいと思っていました」

彼なりに実践したらしい。

営業としてはまだまだ足りないところだらけだが、成長がみられてよかった。

「うん。でもまだこれからよ。試飲していらないと断られたときの売り込み方も考えておかないと」

「そう、ですね」

途端に眉尻を下げる彼の肩をポンと叩く。

「いちいちへこまないの！　たとえ不採用になっても、また次にチャレンジすればいいでしょ。とにかく今は採用に全力を尽くす。ＯＫ？」

「はい」

小声で返事をした彼は、エンジンをかけた。

それから数店を回ったあと新規開拓に向かったが、担当者に会ってももらえなかった。

「ダメだったか」

門前払いされた店を出て肩を落としていると、また嫌な空気に包まれる。

あやかし？

こうも立て続けにあやかしが現れるなんて、やっぱり昨日から気持ちが落ちているのかな。

今日はなに？と警戒していると、目の前に絣模様の着物を着た小さな男の子が現れた。昨日のカエルよりずいぶんマシだと思ったものの、見た目がグロテスクではないあやかしのほうが意外と厄介なことも多い。

わざと無視して歩いていたが、男の子は私の肩にドンと乗ってきた。

なにがしたいの？

軽く肩を揺らしたけれど、しがみついて離れようとしない。仕方なく手で払ったが同じ。なかなかしつこい。

しかし、十文字くんが隣にいるのでうかつに声は出せない。見えない彼には、おかしな人だと思われるだろう。

どうしたら……。

なぜか男の子はどんどん重くなってきて、歩みを進めるのもつらくなってきた。

「十文字くん、先に車に行ってて」

私はとりあえず彼から離れようとした。

「どうしてですか？」

「あー、えーっと」

言い訳を考えていると、彼が突然私の肩に触れる。すると、あんなに頑固にしがみついていたあやかしがふっと姿を消したので仰天した。

「ゴミがついてました」

「あ、ありがとう」

ゴミって男の子、なわけないよね。彼に見えているとは思えないし。

とにかく、助かった。

「やっぱりいいや。行こうか」

「はい」

私はニコニコ笑う彼とともに車に向かった。

今日の営業はこれで終わり。会社に戻る車の中で、〝デート〟に誘うことにした。

「十文字くんって、休日はなにしてるの？」

「家でゴロゴロしてます」

「出かけない？」

「出かけません」

断言されて、想像通りだなと頭の中で考える。

どう見ても彼女はいなそうだし。って、男運がまったくない私が言えることではないのだけど。

二十歳を越えたあたりから男性に声をかけられる機会が増えた私は、そのうちの数人と交際した。でも、なぜかどの人も付き合い始めてすぐに音信不通になるのだ。

以前、真由子に連れていかれた合コンで知り合った男性に告白されたときは、付き合い始めてたった一週間で連絡が取れなくなるという、なかなか驚きの経験もした。

その間、一度しかデートをしなかったのに、そんなに嫌だったのかしら？とかなり落ち込んだものだ。

「あのね、これは提案なんだけど、髪形とか洋服とかちゃんとしてみない？」

モラハラにならないようにどう伝えたらいいのかと考えあぐねていたが、結局はストレートな物言いになった。

これではさっき、『ネクスト黒スタウトをご検討いただけないでしょうか？』といきなり切り込んだ彼と同じだ。とはいえ、彼には遠回しな言葉では伝わらない。

「したいんですけど、どうしたらいいのか……」

そんな困った顔しないでよ。

「明日、よければ一緒に出かけない？　美容院も紹介するし」

「本当ですか？」

出かけたくないと拒否されるとばかり思っていたのに、彼の目が輝いたのが意外だった。

「うん。でもちょっとお金を使うかもしれないけど」

美容院もスーツもだとそこそこかかる。食事くらいはおごってもいいけど、私も高給取りではないのでそこまでは面倒は見きれない。

「貯金はあるんです。どうやって使ったらいいかわからなくて」

「そ、そう？」

私はどうやったら貯まるかわからない。

「それじゃあ、スーツも買わない？　十文字くん、身なりを整えたらかっこいいと思うのよね」

おどおどした態度を直さないとそうもいかない気はするが、中島さんに啖呵を切ったときの彼は男らしかった。

「かっこよくなるんですか？」

「うん、なるなる」

声が小さくなったのは見逃して。あまり期待されても困る。

「よろしくお願いします！」

珍しく鼻息が荒い彼は、それなりに気にしていたのかなと感じた。

透き通るような青い空が広がりデート日和となった翌日の待ち合わせは、表参道の駅を指定した。

どこに行くか迷ったけれど、この近くに私の行きつけの美容院があるからだ。

昨日ひねった足も大したケガではなかったようで、一応ヒールなしの靴を履いてきたが問題なさそうだ。

十文字くんはもはや職人技とも思える約束の一分前に、半袖の白いシャツとジーンズという服装で姿を現した。爽やかだけど、ちっともあか抜けない。

「おはよ。ねぇ、制服じゃないんだから、第一ボタンははずしたらどうかな?」

きっちり着すぎなのだ。

「そうでしたか」

「うん。寝癖は……。美容院に行こうか」

相変わらずうしろの髪がピョンと跳ねているものの、会社みたいに寝癖直しスプレーの用意がない。

「よろしくお願いします。篠崎さん、か、かわいいですね」

顔を真っ赤にして私を褒める十文字くんが意外すぎる。

「そ、そう? ありがとう」

今日は白いカットソーに、お気に入りの大きな花柄のスカートを合わせてきた。会社ではもっと地味な服装をしているのでそう言ったのかもしれない。

トップスの白がかぶっているのに気づき、恋人同士が示し合わせたみたいだと焦る。とはいえ、どうしようもない。

「これで合ってますか？」

「ん？　なにが？」

「相手を持ち上げる会話です」

え……。

彼の発言に唖然とする。

そういえばスーパーまるはを訪問したあと、そんな話をしたような。

ということは、『かわいい』と褒めたのは、本心ではないということ？　喜んだ私がバカみたいじゃない。

「そうね、合ってる」

一気に気持ちが落ちて、少しきつい口調になった。しかし彼は「よかった」と安堵している。

教育係って、ストレスたまるかも。

「篠崎さんは別になにを着てもいつもかわいいのに、いちいち言うなんて、会話って難しいですね」

あれっ？　今、花丸の言葉を口にしなかった？

「どうかしましたか？」

目を見開いて彼を見つめていたからか、不思議そうな顔をされた。

「な、なんでもない。それじゃあ行こうか」

なに？　もしかして魔性の男？

いや、どう考えても駆け引きをしているとは思えない。天然だよね、多分。

あれこれ考えながら向かった美容院は、大通りに面した一等地にあり、客の数も多い。

「ここ」

「え……」

駅地下の千二百円とかいう理髪店とはおそらくかなり印象が違うのだろう。彼は店を前にして何度も瞬きを繰り返す。

「ごめん、千二百円では無理なの。カットで五千円くらいなんだけど」

「え……」

彼はさっきから『え……』としか発しない。

「予算オーバー？」

心配になって懐具合をたずねる。貯金はあると聞いたので大丈夫かと思っていたけど、カルチャーショックを受けたのかしら。

「お金は……」

彼はおもむろにポケットから財布を取り出して私に見せた。

「ちょっ、いくら持ってきたの？」

そのお財布がパンパンに膨らんでいたので、顎がはずれそうになる。

「三十万くらいです」

「しまって！」

こんな人ごみで広げないで。しかも、無造作にポケットにつっこんでおいたらすられるよ？

「多すぎるよ」

「すみません」

とことん限度というものを知らない人だ。

「カードは使わないの？」

「はい、持ってません。見えないところでお金が飛んでいくなんて怖くて」

なんて古風な。キャッシュレスを推奨している国の政策に全力で抗う人を見つけてしまった。

「そうね。カードだとつい使いすぎるけど、便利だよ？　とにかく今日は、お財布を盗まれないように注意して」

「わかりました」

彼はうなずいているが、かなり心配。本当にお母さんになった気分だ。

お金があることを確認して、早速店内へ。予約済みなので、すぐに席に通された。

「それじゃ」

私は雑誌でも読んで待っているつもりで離れようとしたが、「行かないでください」と心細い声が聞こえてきた。

「どうしたらいいんですか？」

「あー」

美容師任せでもいいような気もするけれど、自分好みにしたいという邪な欲求が頭をかすめる。

「希望はないの？」

「はい、さっぱりわかりません」

わかっていたら、こんなボサボサ頭で平気なわけがないか。

「それじゃあ、私がオーダーしてもいい？」

「お願いします！」

そんなキラキラした目で見つめられると、邪心のある私はつらい。

「それじゃあ……。前髪はちょっと長めで、こう流せる感じに、うしろは――」

見本の雑誌を手にして、美容師に細かく指示を出す。

「とにかく、清潔感あふれる感じにしてください」

そして最後にそう付け足した。

細部はともかく、それが一番。年齢相応の爽やかさが欲しい。

「承知しました。途中で気になることがあればなんなりと」

「無理です」

十文字くんは眉をハの字に曲げているが、もうあとはお任せで大丈夫だから。

「あはっ。美容師さん、お任せします」

「わかりました」

もしも私たちがカップルに見えているとしたら、完全に尻に敷いていると思われているだろう。私はグイグイ引っ張ってくれる人が好みなんだけどな。

それからは受付近くの待合スペースでファッション雑誌を片手にくつろいでいた。

しかし、しばらくするとあの絣の着物を着た男の子がまた姿を現し、今日は右脚にしがみついてくる。

いい加減にしてよ。

私は周囲の人に怪しまれない程度に脚を振ったり雑誌で突いたりしたが、まったく離れる気配がない。

いったいこのあやかしたちは私になにをしたいのだろう。姿を現してはまとわりついてきて気持ち悪いことこの上ない。

「い、痛い……」

振り払えないでいると、ふくらはぎに爪を立てられて焦る。

これは無視しておけないと感じた私は、より大きく脚を動かした。しかし、爪が食い込むだけで離れない。

「離れてよ」

小声でつぶやき雑誌でバンバン叩く。すると同じように雑誌を読んでいた人たちの冷たい視線を浴びてしまった。

「すみません」

頭を下げている間も、爪が皮膚に食い込んでいく。

痛い。やめて。

たまらなくなり思いきって男の子を手でつかんで離そうとするもびくともしない。

それどころかギロリとにらまれて、背筋が凍った。

なんなのこれ、どうしよう……。

「お客様。お連れ様がお呼びです」

そのとき、美容師に話しかけられてハッとする。

それどころじゃないのに。けれど、見えていない人たちに助けを求めてもどうにもならない。

「篠崎さん」

私がなかなか来ないからか、十文字くんにまで呼ばれて、仕方なく男の子を引きずったまま近づいた。

「うしろはこれでいいですか？」

座っている十文字くんの隣に立つと、彼はくるっとイスを回して私のほうに体を向ける。その拍子に彼の膝があやかしに当たり、あんなに離れなかった男の子が一瞬で姿を消した。

助かった？

「うんうん、すごくいいよ」

なんて、ろくに見もせず返事をする。

爪が食い込んでいたはずの脚にチラリと視線を送るとストッキングが伝線して、うっすらと血がにじんでいた。

間違いなくあやかしがいたと思えば、顔がゆがむ。

「篠崎さん？」

「あっ、ほんとにいいよ。かっこよく仕上げてもらってね」

私は曖昧にごまかして褒めたあと、トイレに向かった。

オシャレな美容院のトイレは比較的広めで、ストッキングを替えるのにも窮屈しない。

替えを持ってきてよかった……と自分の心を落ち着けようとするが、ふくらはぎに残る爪の痕に震える。

どうしてこんな目に遭わなくちゃいけないの？

はぁ、と大きなため息をついて破れたストッキングを脱いだとき、背中に気配を感じて体を固くした。

また来た？

「いい加減にして！」

怒りと絶望が半分混ざった気持ちで声を絞り出すと、「落ち着け」という男の人の声が耳に届く。

あれっ、この声聞いたことがあるような。

「どこをやられた。ここか」

「えっ？　ちょっと……！」

私の脚に手をかけたのは、あの袴姿の銀髪の男だ。

女子トイレに入ってくるなんて、どういうこと？　というか、どこから、いつ入ってきたの？

あわてふためく私とは対照的に当然というような顔をした彼は、なんと私のふくらはぎの傷に唇を押しつけてペロリと舐める。

「き、汚いから！」

「黙ってろ」

片脚を持ち上げられた状態では逃げるに逃げられず、不安定な体を支えるために壁に寄りかかったまま、呆然と彼を見つめることしかできない。

「もう、大丈夫だ」

ふくらはぎに目をやると、すっかり傷は消えている。どうやら彼には、傷を治す力があるらしい。

これを治すために来てくれたの？　いや、どうして私がここにいるとわかったの？　助かったけど、女子トイレはまずくない？

ますます彼が何者なのか気になる。

「右脚ばかり……。呪われてるんじゃないか？」

ん？　右脚〝ばかり〟って、私が昨日ひねったことを言ってる？　どうして知ってているの？

疑問だらけで何度も瞬きを繰り返していると彼は続ける。

「今日は花柄か」

「は？」

唐突にスカートについて言及されて首をひねる。

「俺はもっとセクシーなのが好みだ」

セクシー？

「あっ、えぇっ！」

花柄はスカートではなく、ショーツの柄のことだ！と気づいたときには、彼の姿は忽然と消えていた。

「嘘。どこ行ったの？」

瞬時にいなくなったことに驚き、あんぐりと口を開けた。

彼はやはりあやかしの仲間？でも、助けてくれたし。

それにしても、見えたとしても黙っておいてよ。恥ずかしさのあまり顔が沸騰しそうだ。

彼はどうして私があやかしに襲われてケガをしたことがわかったのだろう。どこかでいつも見ているの？

私は、混乱したままストッキングをはき替えた。

トイレを出て店内に戻ったが、十文字くんの姿がない。

「彼、終わりました？」

床の掃除をしていた美容師にたずねると、「お手洗いに立たれましたよ。あとは乾かして整えるだけなので、もう少しお待ちください」と教えられた。

男性用のお手洗いは隣にあったけど、まさかそこにいたの？　私と銀髪の男の会話、聞かれてた？

「篠崎さん」

うしろから声をかけてきたのは、ニコニコ顔の十文字くんだ。

先ほどは気が動転していてそれどころではなかったが、襟足がすっきりした彼は、思わず見惚れるようないい男に変身しつつあるので驚いた。

「あっ、あのね。私がしゃべってるの聞こえた？」

「篠崎さんって、トイレでひとりごとを言うタイプですか？」

「あー、そうね。うるさかった？　ごめん」

そんなタイプがあるのかどうかはさておき、トイレで——しかも出先の——ぶつぶつ話しているなんて、痛い人だ。しかし、今はそうごまかすしかない。

でも、男の声が混ざっていたと気づかなかった？

「うるさくなんてないですよ。見られたとかなんとかって聞こえただけで」

よかった。最後しか聞かれてないようだ。

「ちょっと昨日読んでた推理小説を思い出して口走っちゃって……。それより、髪、乾かしてもらって」

かなり無理やりな言い訳をした私は、なにか聞き返される前にと十文字くんを美容師のもとに返した。

再び先ほどの待合スペースに戻り、待つこと十分。髪をブローしてもらった十文字くんがやってきた。

まるで別人みたい——。

サラサラの前髪をさりげなくかきあげた姿は爽やかさ全開で、視線を合わせるのが恥ずかしいくらいだ。

これは想像以上かも。真由子も腰を抜かすレベルのはず。

「よく似合ってる」

「持ち上げるっていうやつですね？」

「違うよ。本当に似合ってる」

今さらあなた相手によいしょする必要もないでしょ？

「本当ですか？　うれしいな」

心なしか耳を赤く染めた彼を見ていると、こちらが照れる。

そういえば、どうして途中で私を呼んだのだろう。まさか、あの男の子が見えていて助けてくれたということはないよね。

銀髪の彼ならまだしも、へっぴり腰の十文字くんがあやかし退治なんてできるわけないか。いや、そもそも見えていないのだから偶然か。

私は不思議に思いながら、美容院をあとにした。

「次はスーツね。十文字くん、いつも着てるのは大きすぎるのよ。ちゃんとサイズを合わせて買えばいいと思うな。実はもうお店をチョイスしてあるの」

さすがに男性用のスーツのお店は知らず、あらかじめリサーチしてある。

「助かります！」

勝手に決めては悪いかと思ったが、彼が大げさなほどに感謝を伝えてくるので、本当に自分ではどうしたらいいのわからないんだなと感じた。

「えぇっと、一本路地を入るみたい」

スマホの地図を片手に歩くが、私の目はチラチラ周囲に向いていた。あの男の子が再び現れるのではないかと気が気でないのだ。

かといって、勝手に現れるあやかしたちをどうにかできる手段なんて知らず、警戒するくらいのことしかできない。

もう無視は通用しないのかも。現れたらとにかく逃げよう。でも、十文字くんはどうしたら……。

不安で頭がいっぱいになりながら、黙々と歩く。

「篠崎さん、どうかしました？」

「ん？」

「顔が怖いです」

「あぁ、ごめん。ちょっと考え事をしてただけ。十文字くんのせいじゃないからね」

一応断っておかないと気にしそうだ。

「大丈夫ですよ」

「なにが？」

「僕がいるので」

もしかして、あやかしが見えてる？　やっぱり意図的に助けてくれたの？

唖然として彼を見上げると「篠崎さん、方向音痴ですよね」と私のスマホをのぞき込んだ。

「そ、そうね」

仕事のとき、まれに私が運転することもあるが、渋滞を回避しようとしていつも迷うからだろうか。どうやらあやかしの話ではなさそうだ。

「そこのビルじゃないですか？」

「ほんとだ」

ここは良心的なお値段でスーツをそろえられるため、若いビジネスマンに人気だとか。

あのお札を見せられては、もう少し高級店でもよかった気もするけれど、できればシャツもネクタイも新しくしたほうがいい。

店内に入ると、彼は熱心にスーツを手に取りだした。しかしすぐに放棄して「篠崎さん」とすがるような視線を向けてくる。

「私が選ぶの？」

「お願いします！」

いいのかしらと思いつつ、内心ウキウキしているのは否めない。髪形を整え、いい男への階段を上がり始めた彼を、自分好みにできるなんて最高だ。

「私、スリーピースに弱いのよね」

「なにか？」

ボソッとつぶやいた言葉に反応されてあわてて首を横に振る。自分の嗜好に合わせて選んでいることに気づかれたらまずい。

結局、濃紺のスリーピースに白いシャツと、深いグリーンのネクタイをチョイスした。

「こんな感じでどう？」

「素敵ですね」

口を挟んだのは三十代くらいの女性の店員だ。

「持ち上げですか？」

「十文字くん！」

ズバリ聞かないの！

予想外の発言ばかりする彼に焦るが、店員はなんのことかわかっていない様子だったので、胸をなで下ろした。

デザインは決まったが問題はサイズ。

それから採寸してもらい、彼にぴったりのスーツをチョイスして試着することになった。

「スタイルがよろしいですね。足も長くていらっしゃる。モデルさんみたいです」

店員がしきりに感心しているのがびっくりだった。たしかに長身でスタイルはよく見える彼だけど、さすがにモデルは褒めすぎではないだろうか。

あぁ、持ち上げてるのか。

くだらないことを頭の片隅で考えているうちに試着が終わり、十文字くんが試着室のカーテンを開けた。

「え……」

ジャケットのボタンをはめながら振り返った彼を見て、息が止まる。

「モデルだ」

体の線に合ったスーツを纏うと、足の長さが際立っている。しかも、胸板が厚く肩幅もしっかりある、いわゆる逆三角形体型だと初めて知った。ぶかぶかのスーツではわからなかったのだ。

店員の発言は、営業トークではなかった。

「なんで隠してたのよ？」

これなら、今まで遠巻きに見ていた女性たちが間違いなく近づいてくるよ？

営業実績三割増しになるのではっと本気で思うような変身ぶりに、呆気に取られるしかない。

でも、やっぱりネクタイが曲がっている。

「十文字くん、せっかくなんだからネクタイもちゃんと締めて」

「篠崎さん、お願いします」

今までの十文字くんならあきれながら直してあげるところだが、こんないい男に変身されては照れる。

「わ、わかった」

私は彼の顔を直視できず視線を伏せ気味にして、手の感覚だけでネクタイを直した。へっぴり腰は私かも。


会計を済ませたあと、満足げな彼と店を出て再び歩き始める。

「あとはどうしたらいいですか？」

「そうね……。靴は磨けばいいとして、メガネ、かな。視力相当悪いの？」

かなりのいい男になったものの、黒縁メガネが大きすぎてちょっと邪魔だ。同じ黒縁でも、もう少しスタイリッシュな形があるだろうし、大丈夫ならコンタクトという手もある。

「視力は両方とも一・〇です」

「一・〇って、私よりいいじゃない。どうしてメガネをかけてるの？」

なにか他に不都合があるの？　乱視がひどいとか？

「メガネをかけていないと緊張するんです。見られるのが得意じゃなくて。せめてガラスがあればと」

注目されるのが苦手なのはなんとなく知っているけど、まさか伊達（だて）メガネだったとは。

驚いた私は、彼の目元を凝視する。

「み、見ないでください」

「ごめん」

得意じゃないと言われたばかりなのに、しまった。

「ちょーっと、取ってみない？」

道路で立ち止まってなにをしているんだか。でも、はずした姿が気になって仕方ない。

「み、見ないでくださいよ？」

「わかった」と了解しつつ、もちろん見るけど。

十文字くんはフレームに手をかけて、メガネを取り去った。

嘘……。

ゴクンとつばを飲み込む。

今までフレームばかりに気を取られていたからか、彼が黒目がちでどことなく色っぽい目を持っているとは知らなかった。

毎日一緒にいるのに、私としたことが。

スーツは脱いでしまったが、これであのスーツを身につけたら、世の女性は放っておかないだろう。

ただ、弱気な発言は好感度が下がるので、口は閉じておくのが絶対条件だけど。

「あー、やっぱりメガネはそのままにしよう」

「ないと変ですよね」

正直、ないほうが数倍いい。でも、完璧男子なんて十文字くんじゃないのよ。

「なくても素敵。だけど、緊張するのはよくないし。ほら、もっと話せなくなると困るでしょ？」

「そうですよね！」

素直に信じる彼を前に、罪悪感でいっぱいになる。

「十文字くんの変身ぶりに、皆びっくりするよ」

「そうでしょうか。でも、僕……この髪形を自分で維持できる自信がありません」

たしかにプロが仕上げたようにはならないだろう。それは私も経験済みだ。

「大丈夫。おかしかったら、朝、シュッとしてあげるから」

見た目からでもいいから自信をつけてほしい。想像のはるか上をいく変身ぶりなのだから、胸を張っていいと思う。

そのうちおのずと、おどおど感がなくなるはずだ。……と信じてる。そのために〝デート〟を企てたんだし。

「そうですよね。篠崎さんがいれば大丈夫ですよね、僕」

やはりお母さんからは脱出できそうにない。

しかし、彼には一日でも早く営業としてひとり立ちしてもらわなければならない。

そのためにお母さんが必要ならいつでもやる。

「あはっ。ねぇ、お腹空かない？　この近くにおいしい洋食屋さんがあるんだけど」

不穏な空気も感じず、あやかしは近くにいないと判断した私は、十文字くんをランチに誘った。

「行きます！」

彼は食べ物の話をするといつもいい返事が返ってくる。

仕事で同行しているときは、昼食を外でとることがほとんどだけど、たっぷり食べてデザートで締めるのがいつものパターン。彼はかなりの甘党なのだ。

一方、アルコールを主に扱う会社だというのに彼はすぐに酔うらしく、中でもビールは苦くて苦手だとか。それなのにどうしてエクラに入社しようと思ったのか、まずそこからして不思議ちゃんなのだ。

「この時季は桃パフェがあるんだけど」

「それは食べなければ！」

仕事のときもそのハキハキさでお願い。

ひと言物申したかったが、彼があまりに弾けた笑顔を見せるので黙っておいた。

イケメン上司の熱い求愛

月曜は殺伐とした雰囲気から始まった。

「ちょっと、あやめ」

出社早々、真由子に手招きされて彼女の席まで行く。

「なに？」

「串さとのこと、知ってるの？」

「なにを？」

興奮気味の彼女がなにを言いたいのかわからない。

「マルサが入ったって」

「マルサって、あの？」

「そ、国税局」

私は顎がはずれそうだった。

店の従業員に手を出した上に私を襲おうとし、挙げ句の果てに国税局？　脱税していたってこと？

「ほんと？」

「うん。ガイアビールも捜査協力しないといけないだろうね」

この話が本当ならば、取引に至らなくてよかったくらいだ。

なにが二号店よ。もう再建は難しいだろう。

「おはようございます」

そのとき、ぼそぼそとした元気のないあいさつが耳に届いた。十文字くんだ。

今日はまだ始業十分前。珍しく早い。

「十文字くん」

私はあわてて彼を呼んだが、マイペースにゆったり歩いてくる。

「ね、串さとが脱税だって」

「はい」

あれっ、反応が薄い。

「もしかして……知ってた？」

店長の女癖が悪いことを調査済みだった彼もまさかそこまではと思ったが、念のためにたずねる。

「はい。店長に愛想をつかしていた従業員たちが、売り上げをごまかしていると話していましたので、国税局に連絡しました」

「はぁっ？　十文字くんが通報したの？」

「いけませんでしたか？」

私は鼻息を荒くしているのに、どうしてそんなに冷静なの？　あなたはすごいことをしたのよ？

マルサがたったひとりから寄せられた曖昧な情報だけで踏み込むわけがない。なにか証拠をつかんだはずだ。単なる噂ではなく、本当に脱税していたのだろう。

「いけなくないよ。すごいってびっくりしてるの。ね、真由子」

ふと真由子に視線を送ると、彼女は十文字くんを穴が開くほどの勢いで見つめてカチカチに固まっていた。

あぁっ、そうか。変身した彼に会うのは初めてなのか。マルサの話が衝撃的で、すっかり頭から飛んでいた。

「十文字くん、だよね」

「はい。すみません」

凝視されていると気づいた彼は、なぜか謝り、顔を手で覆う。

やはり性格までは変えられないか。

「デート、したのね？」

「真由子、声が大きい」

私はあわてて彼女の口を押さえた。

「ち、違うから。十文字くんのイメチェンを手伝っただけだから」

周囲の人たちの注目を浴びてしまい、必死に言い訳をする。しかしざわつきは収まらない。

そりゃあそうだ。あのイケてない十文字くんが、スリーピースのスーツをばっちり着こなしたモデル風のイケメンに変身しているのだから。

こんなにざわつくのなら、メガネはしておいて正解だった。なければ、女子社員からもっと大きな黄色い悲鳴があがっているはずだ。そうしたら、恥ずかしがり屋の彼は逃げ出すかもしれない。

「想像をかなり上回ってきた。いいよ、いい！」

真由子も大興奮。

「ちょっと、そのメガネもはずしてみない？」

「む、無理です」

彼はフレームを手でがっしりと押さえる。

「あー、見えなくなっちゃうからね。あはは」

伊達メガネではあるが、これ以上彼をいじったら卒倒しそうだ。私はとっさに助け舟を出した。

「ほら、ネクタイ曲がってる」

そしていつものように彼のネクタイを直す。

「ずっとおかんにしか見えなかったけど、今日は彼女に見えるわ」

「変なこと言わないでよ、真由子。はい、仕事しよ」

私は十文字くんを促して自分の席に戻った。

「うしろ向いて」

「はい」

そして毎朝の儀式。さっぱり切ってもらった髪は清潔感が漂うようにはなったものの、やはり寝癖がついている。

寝癖直しスプレーを吹きかけてくしで梳かす作業はこれからも続くらしい。うれしいような悲しいような複雑な心境だった。

その日は十文字くんの変身ぶりにざわついただけでは済まなかった。

九時を少し回った頃に部屋に入ってきた部長が、背の高いダンディな男性を伴っていたのだ。

ゆるくパーマがかかった髪は整えられていて、私の大好きなスリーピースを着こなしている。

「皆、聞いてくれ。深沢清彦(ふかざわきよひこ)くんだ。商品開発部から異動になり、二課の課長補佐として勤務してもらう」

そういえば、そんな辞令がメールで来ていた。

ここ二課は、総勢十六名。得意先の数が増えてきたため、新たに人が配属される予定もある。私たちをまとめている課長の手が回らなくなったので、もうひとり投入されると聞いた。

「深沢です。二課はとても活気のある部署だと聞いています。頑張りますので、どうぞよろしくお願いします」

深沢さんの言葉が終わると拍手が沸き起こる。

真由子の目がくぎづけなのは、彼女のタイプだからだろう。彼女は大人の雰囲気が漂う男性が好みなのだ。

あいさつが終わったあと、私は自分のパソコンで辞令のメールをクリックしてみた。

「深沢清彦、三十五歳……」

年齢より落ち着いて見えるのは、いつも一緒にいる十文字くんが幼く感じるからなのかもしれない。

ふと隣に視線を移すと、なぜか十文字くんは険しい表情をしている。

だれだって新しい上司には多少なりとも緊張するものだ。

困った顔をしなくても、ヘマをしなければ叱られないから大丈夫よ？　って、ヘマをするのが十文字くんか。

彼は人見知りが激しいし、深沢さんに慣れるのに時間がかかるかもしれない。

「いい男、来た」

真由子が小声で話しかけてくる。

「でも、既婚者かもよ？」

いい男ほど独身で残っている確率は低い。もし未婚でも彼女がいる可能性は高い。

「なんで夢を打ち砕くかな」

「現実を見なさい、現実を」

なんて、男性関係がことごとくうまくいかない私が言うことではないけれど。

それから先週の売り上げデータの確認をしていると、深沢さんが私のデスクにやってきた。二課の一人ひとりに声をかけて回っているのだ。とても丁寧な人だった。

しかし、なんとなく空気がよどんだような。気のせいだろうか。

「初めまして。今いいですか？」

「はい。篠崎あやめです。よろしくお願いします」

立ち上がって腰を折ると、隣の十文字くんも同じように立つ。連動しなくてもいいのに、いつもふたりで一組だから仕方がないか。

「篠崎さんですね。噂は耳に入っていますよ。後輩の指導がお上手だとか」

あれっ、それは嫌み？　それとも間違った情報が伝わっていて、純粋に褒めているの？

「恐縮です」

どちらかわからなかったが、とりあえず当たり障りのない返事をしておいた。

「それに、新規開拓も臆せず向かっていく、とても優秀な方だと。よろしくお願いしますね」

彼に手を差し出されたため握ろうとしたそのとき。

「十文字志季です。篠崎さんのパートナーです。よろしくお願いします」

私の隣に並んだ十文字くんが珍しくハキハキした調子で自己紹介をするので、握手しそびれた。

それにしてもパートナーって。私たちの関係はそんなにかっこいいものではなくて、口うるさい教育係と、しっぽを振ってついてくるワンコという感じなんだけどな。

「十文字くんですね。すみません。あなたの情報はなくて……」

はっきり宣告されているのを見て、噴き出しそうになるのをこらえる。

しかし、真由子は確実にクスッと笑った。

「彼はまだ見習いでして。一緒に営業しています」

あわててフォローを入れるも、十文字くんは深沢さんをにらみつけている。よほど癪(しゃく)に障ったらしい。

それにしても、彼がこれほど好戦的な態度をとったのは初めてだ。

いつものおどおどはどうしたの？

「そうですか。早くひとり立ちできるように頑張ってください」

深沢さんは優しい笑みを浮かべて、今度は真由子のほうに向かった。


その後もなぜか不機嫌な十文字くんと営業に出ることにした。部署を出た彼はいつもと変わらない表情に戻る。

「金曜に深沢さんの歓迎会するって」

車に乗り込んだあと、真由子から届いたメールを見て彼に伝える。

「そうですか」

「ね、どうしたの？　皆に見られすぎて恥ずかしい？」

あまりにぶっきらぼうなので心配になる。

深沢さんが来て注目がそれたものの、それまで皆の目はずっと彼に向いていたからだ。ひっそり生きていきたいタイプに見える彼には苦痛だったのかもしれないと、気になった。

「恥ずかしいです。でも、篠崎さんがいてくれるから大丈夫です」

前から思っていたけれど、彼って母性本能をくすぐるタイプなのかも。胸の奥がムズムズする。

「そ、そう？　でも、ここにシワが寄ってるよ？」

私は彼の眉間をペチペチ指で叩いた。

「それは、あの……。なんでもありません」

途端に歯切れの悪い、いつもの彼が顔を出す。

「そっか。なにかあったら言って」

「ありがとうございます。僕には篠崎さんしかいません」

弱気な彼が私を頼ってくるのは日常茶飯事だが、イケメンに変身した彼に『篠崎さんしかいません』なんて宣言されると、不覚にも鼓動が速まる。とはいえ、彼の性格を知っているので、すぐに落ち着いた。

その日に最初に向かったのは、『リカーショップ米山（よねやま）』。ここは安定して商品が売れていて、フォローアップは欠かせない。

「こんにちは。エクラです」

バックヤードで品出し作業をしていた担当の米山さんに声をかける。三十代なかばの彼は店長の息子で、商品の採用権限を持つキーマンだ。

「こんにちは。あれっ、担当交代?」

私のうしろに立っている十文字くんに視線を送り、そんなひと言。

「以前、ごあいさつさせていただいたじゃないですか。十文字です」

十文字くんが初めてここを訪問したときに名刺を出してあいさつをしたら、『珍しい苗字だね』と驚かれて、『東北地方に多いんですよ』と盛り上がったような。

「え……」

米山さんは何度も瞬きを繰り返して言葉をなくす。

そうか、見た目が変わりすぎてわからなかったのか。

「ちょっとイメチェンしまして。こちらのほうがよくないですか?」

軽い気持ちで口にすると、米山さんはカクカクうなずいている。

「これはびっくりだな。こんなにいい男なのに、どうして今まで隠してたの? あぁ、声をかけられすぎて困るとか? 言ってみたいね、そんなこと」

「そ、そんなことは」

十文字くんはいじられるのが照れくさいようで、いつもよりさらに声が小さい。

せっかく褒めてもらえているのだから、シャキッとしなさい、シャキッと!

「米山さんもモテモテだったんじゃないですか? 米山さん、本当にお優しいし話しやすくて助かっているんです」

横柄な態度を取ってくるクライアントが多数いる中で、彼の話しやすさは群を抜いている。

ということで、今日は十文字くんに営業トークをさせる予定だ。それなのにいつまでも会話に加わってこないうしろの彼にチラッと視線を送って促した。

「い、いつも弊社の商品を置いていただきありがとうございます。こちらの店舗で先月、前年同期百二十パーセントを達成しました」

毎月出される得意先ごとのデータを見て調子がいいとは思ったが、そこまで細かいチェックをしていなかった私は、十文字くんの発言に驚いていた。

なにもしてないようで、コツコツ努力しているんだな。

串さとの件といい、私よりずっとしっかり調べてある彼に驚きを隠せない。

あとは営業センスか。私たちにはそれが一番重要だけど。

「そう。エクラさんの潤生、個人的に好きなんだよ。それでお客さんにおすすめを聞かれると推してるんだ」

それはうれしい。

すぐさま反応すべきなのに、十文字くんは満面の笑みを浮かべるだけでなにも言わない。

そこは、心の中で喜んでいるだけではダメなの。言葉にしないと！

「ありがとうございます。売り上げが伸びたのは、米山さんのおかげです」

私はあわてて十文字くんの代わりにお礼を述べた。

彼はあらかじめ決めてきたことは口から出てくるけれど、とっさの反応に弱い。アドリブが利かないのだ。

「ただね、最近ガイアからの圧力もすごくて、拡売かかってるんだよね」

やはりそうか。

他店でも耳にしたが、ガイアでは『何ケース売ったら、インセンティブを支払います』というキャンペーンをしているようだ。エクラでもときどき行うが、会社の規模が違うので、回数もインセンティブの金額も敵わない。

「そうですよね。いつも無理ばかりすみません」

「ガイアの営業も来るんだけど、実はいまいち気に入らないんだよね。うちの商品がないと困るだろ？みたいな横柄さを感じちゃって」

米山さんがそんなふうに思っているなんて初めて知った。

この辺りのガイアビールの担当者は、四十代後半の男性のはず。顔を見たことがある程度で、どんな人なのかまでは知らない。

「わ、私も頑張りますので、どど……うぞエクラもよろしくお願いします」

十文字くんから意外な言葉が出て、びっくりだった。こういうときは黙っていることが多いのに。ただ、緊張のせいかちょっとばかり噛んでいたのは見逃そう。

「あはは。十文字くん、頑張って」

どうしてもなめらかな会話にはならない十文字くんのことを、米山さんが励ましてくれた。

その後は店頭に向かい、いつものように商品の陳列チェック。潤生だけでなく、ネクスト黒もかなり減っていて、テンションが上がる。

「売れてるね」

「はい」

十文字くんもうれしそうだ。

「あれっ、エクラさん？　担当交代？」

そこにパートさんがふたり寄ってきた。彼女たちは私にたずねるものの、視線は十文字くんに向いている。

「いえっ、私はただの見習いで！　担当するなんてまだ早いですから」

十文字くんは表向き恐縮しているのか、それとも本気で思っているのか。多分後者だろう。

せっかく声をかけてもらったのに、彼はあとずさり視線をそらしてしまう。

そこは押しよ！

私は代わりに口を開いた。

「彼も以前からお邪魔しておりまして……」

「そうだっけ？」

どうやら影が薄すぎて認識されていないようだ。こんな営業も珍しい。

「十文字と申します。かわいがっていただければ」

「もちろんよ！」

パートさんの目がくぎづけになっている。イメージチェンジした甲斐があった。

陳列を直して車に戻ると、十文字くんが脱力して大きなため息をつく。

あれっ？　指先が震えてる？

「ね、大丈夫？」

「大丈夫じゃないです。あんなに見られたのは初めてで」

情けない声を出す十文字くんは、私の知っているちょっと冴えない彼そのものだ。

「褒められてるんだから、慣れなさいよ。ここ、ひとりで担当してみる？」

米山さんも好意的だし、なんとかなるかも。

「む、無理です。僕を見捨てないでください」

見捨てるどころか、背中を押しているつもりなんだけどな。

「でも、いつまでもふたりでとはいかないよ？　会社も利益を上げないといけないんだし、ずっと研修というわけには……」

さすがに甘えすぎだと思ったので、ガツンとひと言。すると彼は眉をひそめてしょげている。

「それならふたり分の得意先を一緒に回ればいいじゃないですか？」

その後一転、いい案を思いついた！と言わんばかりの笑みを見せるが、それは無理というものだ。

「効率が悪すぎるでしょ。一日に行ける得意先の数には限りがあるんだから」

現実を突きつければ、彼はハンドルに突っ伏して肩を落としている。

「次行くよ。……はっ！」

大きな声が出たのは、フロントガラスに先日首を絞めてきたカエルがぶつかってきたからだ。

カエルは長い舌を出し入れしながら、私を凝視している。

「十文字くん、い、行こう」

発車すれば振り落とせるのでは？と考えた私は、声を上ずらせながらも指示を出した。しかし、運転席の彼はエンジンをかけようとしない。

「ねぇ、早く！」

焦って彼を見つめると、朝、深沢さんをにらんだようなとがった視線をカエルに向けている。

いや、彼に見えているはずはないので気のせいか。と思っていると、カエルはふと姿を消した。

「一緒にいないと困るのは、あやめじゃないのか？」

ん？

串さとの店長に抱きつかれて助けてくれたときと同じような口調の彼に、唖然とする。

しかもまた、あやめって……。

「十文字くん？」

どうしたの？

彼の腕をポンポンと叩くと、彼はガクッと脱力して目を閉じた。しかし、すぐにまぶたを持ち上げ、不思議そうな顔で私を見つめる。

「篠崎さん。どうかしましたか？」

「……ううん、なんでもない」

さっきのはなに？

別人のようなセリフを吐いたというのに、目の前にいるのは間違いなくヘタレな十文字くんだ。しかも、自分の発言に気づいていないような素振りなので、首をひねる。

「次に行きましょうか」

彼はようやくエンジンをかけた。


イメージチェンジした十文字くんは、得意先から大反響があった。

行く先々で注目を浴び、見られるのが苦手な彼は『疲れた』を連発しているものの、これまで認識すらしてもらえなかった彼がかまってもらえるのは、個人的には嫌だとしても営業としては悪いことではない。

そのうち慣れるだろう。

そんな中、深沢さんの歓迎会が行われることになった。

会場は、先輩が担当している会社近くの居酒屋だ。もちろん飲み物はすべてエクラの商品が出てくる。

「あやめ、深沢さんと仲良くなるチャンスよ？」

深沢さんがバツイチで今は彼女なし、という情報を仕入れてきた真由子が大張り切りしているが、私はそれほど前のめりになれない。

散々ひどい振られ方をしてきたせいか、恋愛したいと思えなくなっているのだ。

一度デートをしただけで連絡がつかなくなるなんて、私ってどれだけ嫌な女なんだろうと自分にあきれている。それに、また同じようなことがあって傷つくのが正直怖い。

「真由子、彼氏はどうしたの？」

四カ月くらい前から、合コンで捕まえた銀行マンと付き合っていたはずなのに。

「ん？　別れた」

「聞いてないよ？」

「言ってないなぁ」

なにとぼけてるのよ。

真由子もあまり交際が長続きしない。

「なにがあったの？」

「んー。食事に行くと、一円単位まで割り勘にするのよね」

「一円？」

全部男性に払ってほしいとも思わないし割り勘でもいいが、それはさすがに引くかも。

「銀行マンだからお金に細かいのは仕方ないかなと思って。でも私は無理だから別れたの」

なるほど。銀行マンらしい気もするが、世の銀行マンが全員きっちり割り勘なわけでもないだろう。

「だから傷心で」

というほど落ち込んでいるようにも見えないけど。

「わかった。でも、私はいいから話しておいでよ」

居酒屋に着いてすぐ、深沢さんとは少し離れた席に陣取った私は、彼女の背中を押した。

「ひとりじゃ無理だって。一緒に行こうよ」

「十文字くんみたいなこと言ってる」

頼られるのは嫌ではないけれど、私だってたまには甘える側に回りたいのに。

「篠崎さん、隣いいですか？」

甘えた声ですがってくるのは十文字くんだ。

「うん、どうぞ」

こんなときまで口うるさい教育係のそばにいなくてもとも思うが、彼なりに理由があるのだ。

あまり意見を主張しない彼は、飲めないのに酔っぱらいのターゲットにされて大変な事態に陥るときがある。真面目なのか不器用なのか適当にあしらえないようで、いつも私がさりげなくブロックしている。

「ほら、GO。他の人に先越されるよ？」

急かすと、真由子は私を連れていくことをあきらめて、深沢さんの席のほうに向かった。

「岸田さん、よかったですか？」

十文字くんが心配そうに話しかけてくる。

「うん。真由子は口上手だし、すぐにだれとでも打ち解けるから」

彼とは違い、営業が天職のような人だ。

「はい」

「十文字くんも飲めないときは自分で断れないとダメよ？」

一応気を使っているらしいけど、飲めない人に無理やり飲ませるのはパワハラだ。

「そうですよね。でも、僕が断って雰囲気が悪くなるのも……」

「十文字くんが倒れたら、もっと雰囲気が悪くなるでしょ？　それに、こんなことで部下や後輩が犠牲になる必要はないの」

幸い二課には癖のある先輩はいないが、他課の話を聞いているとすごい人もたまにいる。少しでもミスをすると課員全員の前に立たせて罵声を浴びせる人とか、休日まで呼び出してパシリのように使う人とか。

あれ、そういえば私、休日に後輩を呼び出した覚えが。あれもまずかっただろうか。十文字くんは喜んでいるようだったけど、気をつけよう。

新しい上司の深沢さんは、今のところどんな人なのかまだよくわからない。ただ、最初に一人ひとりに丁寧なあいさつをして回っている姿を見たからか、わりと好印象だ。真由子の話では、課長に的確な意見をぶつけていたようで仕事もできる人らしい。

「なんでバツイチなのかな」

「ん？」

「なんでもない」

心の声が口に出てしまい、十文字くんに拾われた。

ま、夫婦のことは他人がとやかく言うことではないけれど。

開始時間となり、幹事の先輩が課長にあいさつを促した。しかしこれが長くて、肝心の深沢さんの紹介に入るまでに、五分以上が経過していた。皆ほとんど聞いていない。

深沢さんは長い話にうんざりしている課員を気遣ったのか、ごく簡単に「これからよろしくお願いします」だけで済ませて、すぐに乾杯。各々が飲みながら話しだす。

「十文字くん、ウーロン茶頼もうか？」

「ありがとうございます。自分で」

彼がアルコールに弱いことは、二課の人は大体知っている。だから無理やり飲ませる人はいないが、お酒が進んでくると別。

五つ年上の先輩社員・野坂さんがネクタイをはずしだすと警戒しなければならない。酒癖が悪いのだ。

しかもその野坂さん、今日は私たちの斜め前にいる。

しっかりウーロン茶を確保した十文字くんは、周りの人に無言でお酌を始めた。気遣いはできるのだが、会話が続かないためなかなか輪に入れないのが彼の残念なところだ。

「十文字は休みの日はなにしてるんだ？」

「家にいます」

「家でなにをするんだ？」

「なにも」

ずっとこんな調子。話を振った先輩も、苦笑いして別の人と話し始める。

会話を膨らませる技術が必要ね。

日頃から感じているが、彼の引っ込み思案な性格を変えるのは難しい。

ふと深沢さんのほうに視線を移すと、真由子がちゃっかり正面の席を確保して談笑していた。あの懐に入る技術を、十文字くんに少し分けてくれないだろうか。

「十文字くん、ちゃんと食べてもとを取って帰りなよ。あなたビール飲まないんだから」

彼が唐揚げが好きなことを知っている私は、皿に取り分ける。これでは、本当に世話を焼くお母さんみたいだ。

「ありがとうございます。篠崎さん、ビールどうぞ」

「ありがと」

ビールは三回に分けてグラスに注ぐとクリーミーな泡ができる。

泡には炭酸が抜けるのを防いだり、苦みを和らげたりする効果があるので、丁寧に注いでもらいたいところだけれど、飲み会でいちいちそんなことはしていられない。

今日の主役、深沢さんの周囲は人だかりができているが、女子率が高い。

野坂さんたちも一度あいさつに行ったものの、すぐに戻ってきた。どうやら真由子をはじめとする女性社員との話が盛り上がっていて入り込む余地がなかったとか。たしかに楽しそうな笑い声が聞こえてくる。

「もう少しあとであいさつに行こうか」

「はい」

私は十文字くんに提案した。別に一緒に行く必要はないけれど、真由子とは違って彼ひとりでは無理だと思ったからだ。

席の近い人たちと話をしているうちに、野坂さんがいよいよネクタイをはずし始めた。彼の酒癖の悪さを知っている他の先輩はグラスを持ってさりげなく席を移動している。

「十文字くん、そろそろ深沢さんのところに――」

「十文字、それはなんだ？ ビールを飲め、ビールを」

私も十文字くんを連れて逃げようとしたのに、少し遅かった。野坂さんはビール瓶を持って十文字くんに迫る。

「とりあえず注いでもらって」

こっそり耳打ちすると、十文字くんは「ありがとうございます」とコップを差し出した。

「ほら、飲め」

「あっ！」

そのとき私は大きな声を出し、深沢さんのほうを指さした。すると野坂さんはそれにつられて顔を横に向ける。その間に、自分の空になったコップと、十文字くんのコップをこっそりすり替えた。

「篠崎、なんだ？」

「深沢さん、人気だなと思って」

しらじらしすぎるが、酔っ払い相手だから大丈夫だろう。

「おっ、飲めるじゃないか」

十文字くんの前の空いたグラスを見て、野坂さんは満足そうだ。

「十文字くん、返杯しなくちゃ」

また注がれては困ると、野坂さんから瓶を取り上げた。

「よし、ごあいさつに行こう」

野坂さんが飲んでいる隙に、十文字くんを連れ立ち、深沢さんのところに向かう。

「助かりました」

「自分でかわせるようにならないとダメよ」

「すみません」

野坂さんも悪いので、そんなにしょげる必要もないけれど。

「篠崎さん」

「なに？」

「僕のそばにいてください。離れないでくださいね」

なに急に甘えてるの？

「そうね。でもひとり立ちしないと」

そう伝えると、彼は曖昧にうなずいた。

「あやめ、来た来た」

深沢さんの近くに行くと、真由子が手招きしている。私は深沢さんの向かいにいる真由子の隣、そして十文字くんはまたその隣に割り込んだ。

あれっ、一瞬空気が重くなったような。あやかし？と周囲を見回したが、それらしき姿はない。

私は気を取り直して笑顔を作った。

「深沢さん、これからどうぞよろしくお願いします」

頭を下げると、当然のように十文字くんも首を垂れる。

「いえいえ、こちらこそ」

深沢さんは優しい笑顔を見せた。

私がビール瓶を手にしてお酌をすると、深沢さんはひと口飲んでいる。でも、きっと大勢に注がれているんだろうなと感じたので、さらに追加するのはやめた。

「十文字くんでしたよね」

「はっ、はい。よろしくお願いします」

十文字くんは突然話を振られて驚いた様子だ。

そういえば、部長や課長が彼に話しかけることは少ない。大体、私を通してになる。

「篠崎さんについて随分経つそうですね。そろそろひとりで担当しないと」

飲み会の席でいきなりの厳しい言葉だった。会社で伝える機会はいくらでもあっただろうに。

ただ、深沢さんの意見が間違っているわけでもない。たしかにひとり立ちを考えてもいい時期だ。

「はい」

消え入るような声で返事をした十文字くんは、眉をひそめてうつむいた。

「彼は少し人見知りなところがあって、今、克服中なんです。もう少し待っていただけませんか？」

「篠崎さんが優秀な営業だということは耳に届いています。十文字くんがずっとあなたに頼りきりなのがまずいのかもしれませんね。自分でやらなくてもよくなってしまう」

何度も十文字くんを先立たせてはみるものの、どうしても口を挟まなくてはならないことが多いのは認める。けれども、得意先の把握も商品の勉強もきちんとしているし、さぼっているわけではない。引っ込み思案な彼なりに努力を重ねていることはわかってもらいたい。

「そう、ですね。でも、十文字くんなりに頑張っています。いいところもたくさんあるんですよ。私ももっとうまく誘導できるように努力しますので、長い目で見ていただけないでしょうか」

強めに訴えると、深沢さんは眉をピクッと上げた。

「うーん、そうですね。実は、篠崎さんには私の仕事を手伝っていただきたいという事情もあって」

「え？」

寝耳に水で、目が点になる。

「いきなりひとりというのも難しいでしょうから、少しずつ篠崎さんから離れてください。その分篠崎さんは私のサポートに。課長からも了承を得ています」

「サポートって、なにを……」

どうして私？　他に優秀な先輩たちもたくさんいるのに。なんなら、新人がついていない真由子だって。

「なるほど」

そのとき、十文字くんが聞いたことのない低い声で反応するので驚いた。しかも、仕事のときの弱々しい雰囲気はなりを潜めて、キリリと眉を上げて深沢さんを見ている。

しかし、なにが『なるほど』なのかさっぱりわからない。

いつもの的はずれな返事なのだろうか。それにしてはピリッとした空気が漂っているのが気になる。私のうしろに隠れてばかりいる彼が、深沢さんには挑戦的というか。

「二課の戦力が足りないため、中途採用者をふたり投入する予定です。他業種からの転職ですので、一から教育しなくてはなりません。そこで、篠崎さんの後輩を育てる力を借りたいのです」

営業ではなく、教育のほうか。

「あやめは人を育てるのに長けてるもんね」

真由子が納得しているが、本当に長けているなら十文字くんはそろそろ立派な営業マンとして巣立っているはずだ。

「ですが、そんな能力が自分にあるとは思えなくて」

「篠崎さんの下について、勉強になりませんか？」

深沢さんは十文字くんに話を振る。

「なります、けど……」

十文字くんは納得していない様子で返事をしている。

「篠崎さんは、的確な指示を出せると課長もおっしゃっています。ですから新人教育のための計画を私と一緒に練っていただきます。その分、営業活動の時間が減りますので、そちらは十文字くんがカバーするということで」

どうやらこれは相談ではなく決定事項らしい。

深沢さんもこの部署に来たばかりだし、おまけに営業関連の仕事も初めてのようなので、サポートが必要に違いない。

とはいえ、十文字くんひとりの営業で大丈夫だろうか。いや、ここは心を鬼にして背中を押すべき？　ひとりで回りだしたら、意外とうまくいくかも、とポジティブに考える。

「わかりました。十文字くん、どこの得意先を担当するかはまた相談しようエクラに好意的な得意先から選定していけばやりやすいはずだ。」

「……はい」

十文字くんは困り顔で返事をした。

それから私たちはもといた席に戻ったが、野坂さんは酔いつぶれて寝ているので助かった。

「大丈夫だよ。頑張ろう」

「はい」

さっきから『はい』しか言わない十文字くんが心配だけど、業務命令のため従うしかない。

彼はウーロン茶片手になにか考え込み、ひと言も発しなくなった。

それから三十分ほどして歓迎会が終わり、店の外に出た。

酔っ払った人たちはそれぞれタクシーに乗せられて帰っていく。

「あやめ、二次会行く？」

「ううん、やめとく」

真由子に誘われたものの断った。沈んでいる十文字くんが気になって、はしゃげない。

「そっか。気をつけて帰って」

「ありがと」

彼女は二次会に顔を出すらしく、深沢さんたちの集団に戻っていく。私がそちらに目を向けると、深沢さんと視線が絡まったので、小さく頭を下げた。

「ん？」

しかしそのとき、一瞬にして嫌な空気が漂ったかと思ったら、体がいきなり重くなる。

なに？　うわっ、カエル。

先日から何度も姿を現すカエルが、私の背中にしがみついていた。

「ヤダ……」

体を揺さぶって振り落とそうとするもびくともせず、ペロリと長い舌を出すだけで不気味だとしか言いようがない。

またこの舌が首に巻きついたら……と全身に鳥肌が立ち、どうにかしなければと思った私はとっさに走りだした。集団の中にいてはなにもできないからだ。

走りつつ手で払っても消える気配がない。少し前までは、一喝したり払ったりすればいなくなったのにどうして？

「消えて！」

人通りのない路地裏でたまらなくなり命令したが、カエルは背中に乗ったまま離れようとしない。しかも、舌を私の顔のほうに向けて伸ばしてきたので、首に巻きつけられるわけにはいかないと、必死の思いでそれを握ってブンと投げた。

はぁはぁと荒くなった息を整えながら、道路に転がったカエルに視線を送る。

あの銀髪の男が蹴りを入れたときはすぐに消えたのに、何事もなかったかのようにヒョコッと起き上がり、ピョンと跳ねて再び近づいてきた。

「消えなさい！」

舌を握ったときの生温かくてぬるぬるした感覚が手に残っていて、吐き気がする。

怖がると付け込まれると思った私は毅然(きぜん)とした態度で命令したが、数回飛び跳ねて近づいてきたカエルは、大きくジャンプをしてまた襲いかかってきた。

「嫌っ」

とっさに目を閉じて手で顔をふさいだものの、ぶつかってきた感覚がない。

どうなった？

恐る恐るまぶたを持ち上げると目の前に大きな背中があり、カエルの姿は消え去っていた。

十文字くん？

「そんなに走るからですよ。はい、おんぶ」

彼は振り向き、優しい笑みを浮かべる。

「はいっ？」

「気分が悪いんでしょ？」

あぁ、そうか。顔を手で覆ったから、そう見えたのか。カエルから助けてくれたと勘違いしそうだった。

「いや、おんぶっていう歳じゃないから。それに体調はもう大丈夫」

私はとっさに嘘をついた。

カエルのことを話しても信じてもらえるわけがない。

幼い頃から何人かにあやかしの存在を打ち明けたが、気持ち悪がられるだけだったし、嘘つき呼ばわりされたことすらあるので、他人に理解してもらうのはもうあきらめている。

「走る前に、僕に相談してください」

「なにを？」

「いや、相談事があればと思って。僕は聞いてもらってばかりですから」

珍しく彼からの男らしい提案なのだが、いつもの姿を想像すると、悩みを聞いてもらったところで解決する気がしないのが少し残念だ。

「ありがと」

それでも気遣いがうれしくて笑顔でお礼を言った。

「十文字くんも帰るよね」

「はい」

彼が二次会に顔を出すことはまずない。ああいう騒がしい場所が好きではないと思う。そもそも飲めないのだから、酔っぱらいだらけなのも苦痛だろう。

「駅まで一緒に行こう」

「家まで送りますよ？」

今、なんて？

他の男性に言われても目が飛び出たりはしないけど、十文字くんは別。そういうことをさらりと口にするキャラではないからだ。

とはいえ、またあのカエルが現れたら……と不安な私には渡りに船だった。ひとりでは怖いのだ。

「いいの？」

「もちろんです」

髪を切ったせいか、微笑まれると心臓がドクッと跳ねる。いくら、相手が十文字くんだとわかっていても。

それから私たちは肩を並べて歩き始めた。

「十文字くん。仕事不安よね」

「……篠崎さんと離れるのが不安です」

それ、親離れできない子供みたいじゃない。

「話しやすい得意先を選ぶから心配しないで。米山さんのところなら大丈夫だと思うよ。もちろん、なにかあれば私もフォローする」

深沢さんの手伝いもずっとというわけではないだろう。私もフォローアップに回るし、新規開拓はしばらくお預けでもいい。

「ありがとうございます。僕、篠崎さんがいないと本当に困るんです」

彼が顔をしかめたときハッとした。

カエルがフロントガラスに降ってきた際に、『一緒にいないと困るのは、あやめじゃないのか?』と別人のような彼が私にたずねたことを思い出したのだ。

あれはどういう意味だったのだろう。

あのあと彼は、またいつもの弱気な十文字くんに戻り、何事もなかったかのように振る舞っていた。

ときどき記憶がなくなるらしいが、あのときもそう?

「とにかくやってみよう。皆、最初は不安なの。でも、なんとかなるものよ」

気休めかもしれないが、励ましてみる。

しかし彼は肩を落とすだけで『はい』という返事はなかった。

「それより、病院行った?」

「あっ、はい。異常ないそうです」

「そっか。記憶がなくなるというのは?」

「それはよくわからないみたいで」

お医者さんが異常なしと診断するのなら、ひとまずは安心だ。でも、あの別人が乗り移ったような彼は気になる。

「十文字くんって、ときどき口調が変わるよね?」

「そうですか? 僕、なんかやらかしてますか?」

いつものヘタレモードの彼だ。

「違う違う。なにもやらかしてなんてないけど、ときどきキリリとするというか、うーん」

『かっこよくなる』と漏らしそうになって口をつぐんだ。

ときどきかっこいいなんて、いつもそうではないと言っているようなもの。最高に失礼だ。

「そうでしたか。キリリ、キリリ……」

彼は眉根を寄せて真面目に考え込んでしまった。

「私の気のせいかもしれないから。なんでもないならよかった」

私が口元を緩めると、彼もうれしそうに微笑んだ。

その後、電車で三十分ほどかかる私のマンションまでしっかり送ってくれた。

「本当にありがとう。十文字くんの家ってどこだっけ？」

「すぐ近所ですからご心配なく。篠崎さん」

真顔になった彼は、私を凝視してくる。

「うん」

「気をつけてください」

「ん？」

気をつけて、というのはあやかしのこと？　やはり彼にも見えている？

「深沢さんです。仕事のサポートに篠崎さんを指名したのは、篠崎さんを狙ってるんじゃないかなー」

十文字くんって、そういうことも考えるの？　男女関係には無頓着だと勝手に思っていたので驚いた。

「今までそれほど接点があったわけじゃないのに、狙ってるわけないでしょ。それに、私は彼氏はもういいの」

男を見る目がないと真由子によく指摘されるがその通りで、恋愛というものに希望が持てなくなっている。

「どうしていいんですか？」

「え……」

「どういう心境で、彼氏がいらなくなるんでしょう」

やっぱり十文字くんだ。まさか本人にズバリ聞くとは。

「気になるの？」

「はい」

「教えるわけないでしょ」

バッサリ切ると、彼は目をぱちくりしている。

「先輩の色恋沙汰なんてどうでもいいから、十文字くんも彼女見つけなさいよ。イメチェンして、女性から声をかけられるようになったじゃない」

「怖いです。篠崎さんと一緒じゃないと無理です」

いやいやいや。お母さんもさすがにデートには同伴しないのよ？

「頑張りなさい。私が育てたんだから、胸張って」

「はい」

そんなに意気消沈されると私が不安だ。

「今日は本当にありがとう。気をつけて帰ってね」

「はい、それでは」

彼は丁寧にお辞儀をして、もと来た道を戻っていった。

「本当に近いのかな」

私を気遣っただけで、逆方向だったりして。とはいえ、こうして家まで送ってもらっても、襲われる心配がまったくない男性というのも貴重だ。

部屋に帰ったあと、バスタブにお湯をためて浸かる。その間も頭に浮かぶのは、十文字くんのことばかり。

なんだかんだ言っても、長く時間をともにする十文字くんは話しやすいし、彼もなついてくれている。

「心地いいのかな」

ちぐはぐな会話にも慣れてきたし。

「それより」

私は自分の手をじっと見た。

あのカエルにはもう会いたくない。でも、また来るような気がしてならない。

あやかしに遭遇したときの対処方法なんてだれも教えてくれないのに、どうしたらいいの？

「なんで見えるのよ」

なにかひとつ取り柄が欲しいと思うことはあれど、あやかしが見える能力は断固としていらなかった。

私は自分の運命を呪いながらザバッと湯船から出た。

涼しい朝となった翌週の月曜も、十文字くんは遅刻ギリギリ。始業時間まであと三分となったところで電話を入れたら、廊下から着信音が聞こえてきてホッとした。

今日はスマホを忘れなかったらしい。

「おはようございます」

「おはよ。ね、クマすごくない？」

せっかくイケメンに変身したのに、顔色が悪く、どよーんとした空気が漂っている。

「眠れなかったんです。篠崎さんと別れるなんて」

彼がそう訴えた瞬間、真由子がぷっと噴き出している。

「ついに別れ話をしたの？」

「付き合ってないから！」

わかっているくせしてからかう真由子に抗議しつつ、十文字くんのネクタイを直す。

「はい、うしろ」

そして相変わらず寝癖のついている髪にスプレーをひと吹き。朝の儀式の終了だ。

「こういうところがなければ、女の子にキャーキャー言われるのにね」

「言われたくないです、僕」

真由子のつぶやきにすかさず反論する十文字くんは、いたって真顔だ。

「あやめお母さん、育て方間違ったんじゃない？　マザコン気味よ」

「うるさいな」

彼は一癖も二癖もあるんだから。辞めずに続いているだけでも褒めてほしい。

「仕事するよ、仕事。これ、今日行く先のリスト。午前中、私は深沢さんと仕事だから、十文字くんはここに顔を出してきて」

彼のデスクに予定表を置くと、カチカチに固まっている。

まだ会社から一歩も出ていないのに緊張してどうするの？

「二軒だけでしょ？　ほら、そのうち一軒はスーパーまるはのエンドの提案だから自信持って」

彼がイラストを起こしたあの棚のことだ。

「レシピのサンプルはこれ。用意してきちゃいましたって、エンドの棚欲しいなアピールをするのよ？　多分ＯＫが出るから」

ここまで準備していって、ダメだと断わるようなことはまずない得意先だ。

「私が店長だと思って、ちょっとやってみて」

「は、はい。棚の案もレシピも用意してきちゃいました。エンドの棚、欲しいな」

え……。そのまま話せとは言ってない！

「あははは。夫婦漫才してるの？」

真由子がとうとう声をあげて笑いだした。

「はー」

大きなため息をつくと、十文字くんは途端に眉尻を下げて不安そうな顔になる。

「わかった。ちょっとやってみるから聞いてて。こんにちはエクラです。先日ご提案したエンドの件でうかがいました。実は棚の配置に――」

彼には事細かく教えたほうが効果的だと思い、ロールプレイングをしたあと、考えられる質問の答えまで用意した。

ここまでやれば行けるでしょ？

十文字くんに足りないのは多分自信だ。

串さとの件でわかったのは、彼はしっかり得意先の把握をしているということ。それなのにそれを生かす能力がちょっと欠けている。自分で成功をもぎ取った経験がないので、腰が引けていると分析した。

スーパーまるはがうまくいけば、少しは顔を上げられるかも。幸い見た目を整えたおかげで、認識してもらえるようになっているし。

「それじゃあ、頑張って。私は深沢さんのところに行ってくる。困ったら電話してくればいいから」

打ち合わせが終わったら会議室に来るようにと指示されているので立ち上がると、不意に十文字くんに腕をつかまれた。

「どうした？」

「篠崎さんも困ったら電話してください」

意外すぎる発言にキョトンとしていると、真由子が笑いをかみ殺している。

「わ、わかった」

彼に電話をしたところで解決する事項があるとは思えないが、彼なりの精いっぱいの優しさなのだと、うなずいておいた。

十文字くんと別れたあと、一番小さい会議室に向かう。深沢さんは先に来ていて、私が入室すると「手伝わせて悪いね」と人懐こい笑みを浮かべた。

「私で本当にお役に立てるのかわかりませんが」

「まあ、座って」

彼に促されて、会議机の九十度の位置に座る。

「十文字くん、なかなか曲者（くせもの）らしいね」

「あはは。人見知りくんで」

どう聞いているのだろう。今のところ、彼のみ研修期間が長いというわけではないけれど、このままだと確実にそうなりそうだ。

「営業なのに人見知りは困るね。なんなら課長と相談して、配置換えしてもいいけど」

異動の提案をされるとは思いもよらず、とっさに首を横に振っていた。

「待ってください。ちょっと変わったところはありますけど、すごく真面目なんです。きちんと市場調査もしていますし、私が伝えたことは完璧に覚えていて実践しようと努力しています。自信さえつけば大丈夫ですから」

私、どうしてこんなに必死になっているのだろう。深沢さんと同じように、十文字くんは営業向きではないと何度も思ったのに。

「そう……」

「まだ二課に来て日も浅いですから、もう少し時間をください。彼がひとり立ちできないのは私のせいでもあります。申し訳ありません」

もっとうまく導ければ違ったかもしれない。しかし、どうしたらいいのかまるでわからないのが痛い。

「篠崎さんがそんなに言うならそうしよう。それで、新人教育の件だけど、押さえたいポイントを書き出してみたから、目を通してくれる？」

「わかりました」

彼から書類を受け取るとき、軽く指と指がぶつかった。その瞬間、なぜか体が重くなる。

どうしたんだろう、気のせいかな。

「新人さんはいつから二課に？」

「今は基礎研修中で、工場での研修もあるから一カ月くらいあとかな」

中途採用なので、十文字くんより年上の可能性はあるけれど、彼も二課では先輩になるのか。先輩の自覚が出てきたら、もっとシャキッとしたりして。

そんなことを頭の片隅で考えながら書類を読んでいく。

「ビールについての知識は基礎研修で学んでくるとして、他社の商品との差別化ポイントを教えてあげるといいかもしれないですね。営業に出ているとそうしたこともわかってきますが、経験を積むのは短期間では無理ですから」

生意気かもしれないと思ったけれど、十文字くんと一緒に行動していて、どんな情報をあげれば彼が動きやすくなるかを常に考えてきたので、口をついて出た。

以前、別の後輩の教育係をしたこともあるが、彼は私が営業している姿を見て自力で必要なことを学んでいったので、そうした点では苦労しなかった。

しかし、慣れてくると私の意見を聞かなくなり、好き勝手しだしたため、得意先で大きな失敗をして課長にこってり絞られたことがある。

一方、十文字くんは、教えたことには素直に耳を傾けるし、どうやらきちんと勉強も積んでいる。

ただ、今朝のように完全に私のコピーで、しかも押しが弱すぎる。売りたい気持ちを持つように伝えてからは気にしているようだけど、性格が性格なのでなかなかうまくいかない。

私が新人教育を担当するのはまだふたり目だが、それぞれに合わせて指導方針を変えるのも簡単ではないと感じている。

「そうだね。他社との差別化ポイントは一番重要だ。といっても、ガイアビールあたりは、マンパワーと経費をたっぷりかけてくるからなぁ」

深沢さんは顎に手をかけて考え込んでいる。

「そうですね。脅威です。でも、うちは丁寧なフォローアップを売りにしていけばいいと思いますよ。私の担当先でもガイアは横柄で苦手だとおっしゃっている方もいましたし。十文字くんなんかは話すのはうまくないですけど、棚を作らせたらガイアにも劣らないんです。そういう面を押し出し――」

「随分十文字くんに肩入れしているんだね」

彼にふっと笑われて、なんとなく気まずくなった。

「肩入れというわけでは……。十文字くんには十文字くんのいいところがあるように、今後入ってくる新人さんも、得意なところを伸ばしてあげられたらいいなと」

これは肩入れ、なのだろうか。

毎日一緒に行動しているとため息の嵐のくせに、他の人から十文字くんの悪口を聞くと腹が立つ。営業トークはちっともうまくならないが、彼も精いっぱい努力しているの！と叫びたい。

母親が息子をかばう心境かしら。

「十文字くんのいいところ、か」

意味ありげな笑みを浮かべる彼は、ボールペンを手でもてあそび始めた。

「俺も探してみよう」

「えっ？　……はい」

いいところなんてないと断言されると身構えていたのに、拍子抜け。

「それにしても、篠崎さんはさすがだね。人を育てる力が一番ありそうだと、課長が俺のサポート役に君を推したわけがわかったよ」

「いえ。先輩方のほうが経験もおありですし、私自身が教育していただかないといけないような立場の人間ですから、他の方とバトンタッチしていただきたいくらいです」

突然放り出す形になった十文字くんのことも気になるし、私が新人とペアを組んだのはまだたったのふたり。他の先輩たちより引き出しが多いとは思えない。

「俺は篠崎さんが気に入ったから、バトンタッチなんてさせないよ？」

「はぁ……」

なにが気に入られたのだろう。さっぱりわからないものの、上司命令に逆らうこともできない。

「さて、なんだっけ。他社の商品との差別化ポイントか。篠崎さん、ビールの種類ごとにいくつかあげられる？」

「はい、もちろんです」

「それじゃあ、俺は商品開発から必要な資料を持ってくるから、その作業お願い」

彼が立ち上がったので私はうなずき、持ってきたパソコンを立ち上げて作業を始めた。

それから十分。

「あれ……。体調が悪い？」

肩のあたりが重くて、全身に倦怠感(けんたい)がある。疲れたときはこういうことも珍しくはないけれど、急速に悪化したので首をかしげた。

「風邪ひいたかな」

体力には自信があるほうだし、滅多に風邪なんてひかないのに。疲れが蓄積しているのかな。

私はパソコンのキーボードから一旦手を離して、うーんと伸びをしてからもう一度作業に没頭し始めた。

一時間半ほどして、深沢さんが古巣の商品開発部からどっさりと役に立ちそうな資料を持ってきた頃には、ますます体調が悪化していた。

しかし、心配をかけまいと笑顔を作り会話をする。

「こんなにたくさん。私が営業に使いたいツールがいっぱいです」

「もちろん使ってくれていいよ。新人だけでなく、営業全員が使いやすいツールを作れるといいよね」

彼は真剣に考えだしたが、私は座っているのがつらくなり冷や汗を垂らしていた。

まずいな。どうしたんだろう、私。

発熱しているわけでもなさそうだし、吐き気や頭痛といった症状もない。

そういえば……この倦怠感はあやかしに遭遇したあとに似ている。

まさか、どこかにあやかしがいる？

いつもは雰囲気でわかるものの、最近出現パターンが変化しているし、なにがあってもおかしくない。

目を動かして周辺をチェックしたが、それらしき姿はない。わざとボールペンを落として背後も確認したが同様。

考えすぎか。カエルに首を絞められた恐怖と、男の子に爪を立てられたときの痛みが鮮明によみがえるので、疑心暗鬼に陥っているのかも。

「篠崎さん、どうかした？　顔色が悪いよ？　働きすぎじゃない？」

「大丈夫です。ちょっと寝不足でしょうか。ははは」

適当にごまかして、再びパソコンに向かう。

「あっ、コーヒー淹れましょうか？」

「ありがとう。お願いするよ」

しかしやはり休憩したくて、深沢さんに提案したあと給湯室に向かった。

「どうしたんだろ」

体が重くてすぐにでも横になりたいほどだ。コーヒー豆を出したのに、それからは手が動かずしゃがみ込んだ。

「篠崎さん。どこですか？」

そのとき、十文字くんの声がした。

昼過ぎに一旦帰ってくることにはなっているが、まだ早すぎない？　もしかして、営業先でなにかしでかした？

立ち上がりたいのにできず、嫌な汗が噴き出す。なにか重いものに上から押さえつけられているかのような感覚に、戸惑いを隠せない。

「ここ」

やっとのことで小さな声を吐き出すと、バタバタと足音が近づいてきて、彼が姿を見せた。

「どうしたんですか？」

「ごめん。ちょっと体調が……」

深沢さんには遠慮したのに、十文字くんには正直に話せるのが不思議。今さら取り繕うような仲ではないからだろうけど。

「ちょっ、立てますか？」

「うん」

彼に促されて立とうとしたが、よろけてしまいあわてる。

「あっ」

すると倒れそうになった私の体を、十文字くんがうしろから抱きかかえるようにして支えてくれた。

「危ないですよ」

耳元でささやかれ、拍動が速まるのを感じる。彼の声に妙な色気があったからだ。

「あ、ありがとう。もう大丈夫。……あれっ？」

抱きしめられているのが照れくさくなり離れると、体が軽くなっていることに気がついて目を瞠る。

「どうしました？」

「ううん。なんか、治っちゃった」

立てないほど重症だったのに、一瞬で健康体に戻るなんてある？

しかも、十文字くんが私に触れた瞬間だった。そういえば、前にも同じような経験があるような。

「よかったです」

腑に落ちないことはあったものの、彼のフニャッとした笑顔を見たらなんだか安心した。

深沢さんと初めてタッグを組んだ仕事で緊張してたのかな。

「それより、戻ってくるの早くない？」

「それが……」

途端に顔をしかめる彼を見て緊張が走る。

やっぱりなにかしでかした？

「どうした？」

「リカーショップ米山で、パートさんたちに『そのエプロンお似合いですね』と持ち上げる会話をしたら、囲まれてしまったんです」

持ち上げるって。それなら『いつも笑顔が素敵ですね』あたりのほうがよくない？

あの店は、制服の代わりに、おそろいのグリーンのエプロンをしている。けれども、それが似合うと褒められてそんなにうれしいかな。似合わないよりはもちろんいいけど。

でも、彼なりに考えた精いっぱいだったのだろう。

「頑張ったじゃない。囲まれてどうしたの？」

「はい。今まであんまり話せなかったからと質問がいっぱいきて」

話せなかったというより、イメージチェンジ前の彼に興味がなかっただけだ。

「質問って？　ビールのこと？」

「違います。彼女はいるのかとか、どんなタイプが好きなのかとか。僕、タイプなんてわかりません！」

あぁ、安定の冴えない十文字くんを見ると無性に落ち着く。

「そっか。モテモテじゃん」

「モテッ？　い、いいです。僕、そういうのは困るんです！」

真っ赤になってる。

この調子では彼女がいたこともないんだろうな。かわいいかも。

「うーん。でも好かれるのは悪くないよ。会話ができるようにならないといい関係は築けないでしょ？　ビールの話もできないじゃない」

「そう、ですね」

こういう素直なところも彼らしい。

「あっ、潤生の追加注文をいただきました」

それを早く教えてよ。

「よかったじゃない。ひとり立ち大成功ね」

「それはちょっと……」

喜んでいるのかと思いきや、相変わらずひとり立ちは嫌なのかな。今日は思いがけずパートさんたちに囲まれたから？

「まるはのほうは？」

どちらかというとそちらが気になる。

「エンド、いただけました。『エンドの棚、欲しいな』って――」

「まさか言ったの？」

ロールプレイングしてお手本を見せたでしょう？

「いえ、心の中で五十回くらい唱えてから店長のところに行ったんです」

まさかの自己暗示？

しかし彼なりに考えだした技なら、否定する必要もない。

「朱雀の注文も追加で入りました」

なんだ順調じゃない。心配いらなかった。

「よかったね。おめでとう」

「ありがとうございます。それより、篠崎さんです」

彼は私の肩に触れる。するとさらに体が軽くなった気がした。

「もうすっかり大丈夫。ちょっと疲れてたみたい。深沢さんと一緒に仕事をするのも初めてだったし、緊張してたのかも」

緊張感などまるでなかったが、深層心理というものは私にもよくわからない。

「深沢さんのサポート、断れないんですか?」

彼は真剣に訴えてくる。

「十文字くん、立派にやれてるじゃない。全部私と一緒じゃなくても大丈夫だよ」

「僕の心配はいいんです。篠崎さんです」

「ん?」

私? どういう意味?

「体調が悪くなるほどこき使われて……」

もしかして、パワハラでも受けていると勘違いしてる?

「違うよ。黙々と資料作ってただけだから」

むしろ営業に出るより楽できた。それなのに、あの体調の悪さはなんだったのか説明できない。

「ダメです。深沢さんは絶対に」

珍しく語気を強める彼に驚く。

そういえば、飲み会のときも深沢さんをにらみつけていたけど、彼のことが嫌いなの? 早くひとりで回れと急かされたから?

「十文字くん。深沢さんがひとり立ちしなさいって言ったのは、十文字くんを心配してのことだよ？」

と口にしつつ、別の部署への異動を考えていた深沢さんのことを思い出し、そういう雰囲気を感じ取ったのかなとふと頭をよぎった。

「篠崎さん」

そのとき深沢さんが顔を出した。彼は十文字くんを見つけて少し眉を上げる。

「遅いからどうしたのかと思ったよ」

「すみません」

コーヒーのことなんてすっかり頭から飛んでいた。

あわててコーヒーメーカーをセットすると、彼は私の隣までやってきたが、なぜか十文字くんが私たちの間に割り込んだ。

「篠崎さん、僕やります」

「ありがと」

こういうことは珍しくはないけれど、体のねじ込み方がかなり強引だったので首をひねる。

「十文字くん、得意先でたくさん注文をいただいてきたそうです」

彼は無能ではないと主張したくて、深沢さんに伝える。

「そう。よかったですね。あっ、しまった。別の用を忘れていました。篠崎さん、今日の資料作りはここまでで」

「わかりました」

「せっかく淹れてもらって悪いけど……」

深沢さんはドリップされるコーヒーに視線を送る。

「おかまいなく。僕が飲みます」

私が答える前に十文字くんが返事をした。

やっぱり棘(とげ)を感じるけど、このふたり、なにかあった?

「そう。それじゃあ」

深沢さんは苦笑したあと去っていった。


それから十日経過した。

ここのところあやかし遭遇率がいやに高く、あのカエルや男の子に加えて、一本足のものだとか、顔はサルなのに脚はトラに見えるものとか、とにかくわんさか寄ってくる。

昨日の帰り道でも、同時に三体ほどのあやかしに出会ってしまい、『どいて』と強気で制して走って逃げた。

ただ、体が重い感じは終始拭えず、そのせいか疲れ気味だ。

深沢さんと初めて一緒に会議室で作業をしたときほど苦しくはないが、毎日どんよりとした曇天(どんてん)のようなすっきりしない気分で出社していた。

「十文字くん、今日の得意先はここね。一応、店長や担当者の性格を書いておいたから」

今日も遅刻ギリギリだった彼はあれから奮闘しているものの、気を張り詰めているせいでへとへとなのか覇気がまったく感じられない。

「ありがとうございます」

「ちょっと。そんな沈んだ顔じゃ、買ってもらえないよ？　はい、笑顔」

彼の頬をつかんで促すと、真由子がクスッと笑っている。

「あやめも疲れた顔してるよ。お肌の張りもいまいちだし。大丈夫？」

「ほんとに？　ヤバいな」

と返したが、自分で鏡をのぞいてもそう感じている。

「仕事量が増えて、厳しいんじゃない？」

「それは……」

それもある。深沢さんから請け負った新人教育のための資料作りは多岐(たき)にわたり、すぐにできると思っていたのに甘かった。

深沢さんにしてみれば、私がその仕事を請け負う分、十文字くんが得意先を回ればいいという考えだったようだが、私がフォローアップしなければまだ難しい。そのため、残業をしたり仕事を家に持ち帰ったりして、なんとか回している状態だ。

それに加えてあやかしとの遭遇。プラス、夜の睡眠が浅くなっている。

こんな体質なので家の玄関には盛り塩がしてあり、そのおかげか部屋の中まであやかしが入ってきたことはないが、最近は部屋にいても嫌な雰囲気を感じるのだ。入ってはこないが、すぐ近くにいるような。

「篠崎さん、ごめんなさい」

真由子の発言を聞き、十文字くんの眉尻がまた下がってしまった。

「あぁっ、大丈夫。だれだって新人時代はあるんだから、気にしなくていいの」

と言いつつ、真由子に牽制の眼差しを送る。

十文字くんはたしかに冴えないけど、意外とデリケートな一面もあるのよ？

「十文字くん、ごめん。あなたがどうとかじゃないの。あなたのママ、働くの大好きだからくぎを刺しただけ」

「だれがママって？」

真由子に怒りの言葉をぶつけると、彼女はおかしそうにケラケラ笑う。

「大変なことは手伝うよって話。私も新人とペアを組んだことあるんだから、多少は頼りなさい」

「ありがと」

疲れ切った体に、彼女の優しさがしみた。

その日の午前中は、深沢さんと一緒に過ごした。

資料作りは着々と進んでおり、今は新人たちにどの得意先の様子を見せると効果的か営業員たちに聞いて回り選定する作業を始めている。

「この組み合わせ、いいかもしれないですね。ガイア一色の店と、うちが強い店」

「うん。でも、営業担当者が違うな。同行となると難しいか」

私の提案に、彼は考え込む。

仕事量は確実に増えているとはいえ、深沢さんとの仕事は苦ではない。もともとこうしたことに知恵を絞るのが好きなのだ。

ただ、なぜかこの仕事に携わっていると体が重い。いつまで経っても疲れが抜けないような気だるさと闘っている。

十文字くんと営業に出ている間は、こんなことはないのに。デスク仕事が性に合っていないのかもしれない。

昼過ぎになり十文字くんが真っ青な顔をして戻ってきた。

「篠崎さん」

「お疲れ。どうかしたの？」

黒い空気を纏っているような彼は、いきなり深く腰を折る。

「すみません。棚落ちしました」

「えっ、どこで？」

「山本さんのところで、ネクスト黒が……」

先日採用になったばかりじゃない。まだ売れる売れないの判断を下すには早すぎる時期だし、そこそこ在庫も減っていたはず。

「なんで？　売れてたよね」

「はい。ガイアがインセンティブを盛ったみたいで。やっぱり黒は何種類もいらないと」

ラガーとエールの違いはあれど、ひとくくりにすれば黒ビール。店の担当者にこだわりがないと、こうしたことがあってもおかしくはない。

ましてや、お金を積まれては……。

「そっか。十文字くんのせいじゃないから」

私が行っても結果は同じだったかもしれない。インセンティブボーナスをぶら下げられると、簡単にはひっくり返せないことが多いのだ。

もともと自信がない彼に、余計な失敗をさせてしまった。でも、挫折はこの先も必ずある。乗り越え方を教えるいいチャンス？

私はポジィティブに考えることにした。

「インセンティブがつくのって、期間限定でしょ？」

「はい。三カ月だけだそうで」

「それなら、終わった頃にもう一度チャレンジしよう」

そう提案したものの、彼の表情は冴えない。

「せっかくいい男になったんだから、ビシッとしなさい。一度失敗したくらいでへこたれないの。取り返してやるくらいの気持ちがないと、どんどんやられちゃうよ？」

彼の闘争心が燃えてこないかと期待して、軽めに叱る。しかし、もしかしたらさらにへこむという逆効果を生む可能性もあるので、内心ドキドキだ。人を育てるって難しい。

「そうですね。僕、頑張ります！」

彼に笑顔が戻ったので安堵の胸をなで下ろした。

そういえば彼、ドM疑惑があったんだった。ちょっと叱るくらいがちょうどいいのかも。

午後からは十文字くんと一緒に営業に出た。

内勤より営業のほうがストレスがたまりそうなものなのに、体が重く感じることはない。やはり私には外回りが向いているようだ。

帰社して定時過ぎに十文字くんを帰らせたあと、私はパソコンに向かった。

彼は自信をつけていく段階なので、まだあまり失敗の経験をさせたくない。慎重に策を練らなければ。

明日、ひとりで回ってもらう得意先の情報を引っ張り出して、どんな話をすべきなのかを丁寧に書き出していく。

そっくりこのままできるわけがないことはわかっているが、彼の場合は具体的な例を出してあげるとうまくいくケースが多い。

そのうちひとりふたりと課員がいなくなり、新人のための資料の打ち込みを手伝ってくれていた真由子も、「体壊す前に帰りなよ」とねぎらいの言葉をかけてから帰った。

うーんと大きく伸びをしてひと息つく。

「頑張りどきだよね」

おそらく次に配属されるふたりは、先輩営業マンが教育を担当する。だから資料を完成させて渡せば、深沢さんの手伝いは終わるはず。

「十文字くんのときも、こういうのがあればよかったのに」

今までは基礎的な知識以外は教育担当者に任せっきりで、マニュアルのようなものはなかった。それに気づいた深沢さんが今回作ろうと奮闘しているのだ。今後にも役立つはずだから、もう少しだけ踏ん張りたい。

――ガチャッ。

再びパソコンのキーボードに手を置いたとき、ドアが開いたので視線を向ける。

「まだやってたのか」

「深沢さん、帰られたんじゃなかったんですか？」

姿を現したのは、とっくに帰宅したと思っていた深沢さんだった。

「他社の商品の成分表を商品開発でもらってきたんだよ。新人に必要かといえばここまではいらないけど、せっかくだから完璧にしたいと思ってね」

彼に差し出されたデータを見ると興味深い。

「これ、私も営業に使っていいですか？」

「もちろんどうぞ。それにしても篠崎さんは真面目だね。パートナーが君でよかったよ」

彼は十文字くんの席に座り、にっこり微笑む。

「それは過大評価ですよ」

彼があまりに凝視してくるので、妙に照れくさくなって視線をそらした。

「篠崎さんと一緒に仕事をするようになってから、毎日が楽しいんだ」

「そうなんですか？」

あれだ。持ち上げる会話ってやつだ、きっと。

「うん。仕事は大変なことも多いけど、篠崎さんに会えると思うと、会社に来るのも苦じゃない」

「それは光栄です」

彼は十文字くんより営業向きだな、とふと思う。

「冗談だと思ってる？」

彼がイスを動かして距離を縮めてきたので驚いた。

「じょ、冗談ですよね。私に会えるって……。口うるさいだけなのに」

「口うるさい？　俺は全然そんなふうに思わないな。篠崎さんの発言はいつも的確だし、十文字くんへの注意がそういう印象を与えているのかもしれないけど、あれは彼のほうが悪い。もう少ししっかりすべきだ」

やはり、十文字くんのことをよく思っていないようだ。

「篠崎さんって、十文字くんが好きなの？」

とんでもない質問に、眼球が転がり落ちそうになった。

「彼は息子みたいな存在で、男性としてどうとかなんて考えたことは……」

と言葉を濁しながら、串さとの店長に抱きつかれたとき『お前に、あやめに触れる資格なんてねぇんだよ！』と啖呵を切った十文字くんを思い出していた。

あのときは鼓動が速まって制御できなくなったが、それは少しは男性として意識したということなの？　でも、彼は覚えていないようだし。

いや、毎朝髪をピョンと立ててくる彼が本物だ。やっぱりありえない。

「そっか。篠崎さんがあまりにも彼をかばうから、そういう感情があるのかと思ってた。なるほど息子ね。母性愛か」

彼は安心したように頬を緩める。

母性愛と言われても複雑だ。恋愛もまともにしていないのに、いきなり母なのもちょっと。

「それじゃあ、彼氏が他にいる？」

「いえ。私、男運がないみたいで、あまり積極的になれないというか……」

上司とこういう話をしたくないんだけどな。

「それよりそのデータ、もっと見せてくださ——」

話を変えようとすると、いきなりデスクの上の手を握られて目を丸くする。

妙な緊張が走り体がゾクッとするのは、男の人に手を握られたのが久しぶりだから？

「俺も、女運がなかった。結婚はしたけど妻には好きな男がいて、俺に隠れて関係を続けていたんだ」

まさか、離婚の原因はそれ？　思いがけない上に、かなりヘビーな話だ。

「そんな。ひどい」

同じ女でも、とても理解できない。他に好きな人がいながら、どうして結婚なんてしたのだろう。そうしたことはドラマや小説の世界だけだと思っていたのに、その犠牲者が身近にいるとは。

呆気に取られていると、彼は私の手をいっそう強く握る。

すると背筋にゾワゾワした感覚が走るのに気づき、首をかしげる。

なんだろう、これ。男性にアプローチされたときのドキドキ感とはあきらかに違う。

「あの……」

「精神的に疲れてしまって。俺ももう恋愛はいいと思ってたんだけど、篠崎さんと話をしていたら、惹かれていくのが自分でもわかって……」

「え！」

惹かれて？　私に？

「付き合ってもらえないだろうか。妻とのことで傷ついたから、俺は決して裏切ったりしない。約束する」

私はしばらく瞬きを繰り返し、自分に起こっていることを理解しようと努めた。

付き合う？　私が深沢さんと？

最近はよく一緒に行動しているとはいえ、まだ二課に来て間もないのに、私を好きってこと？

散々痛い目に遭って傷ついてきた経験があるので、簡単に付き合うという結論は出せない。

彼は私が仕事をしている姿を見ているだけだ。ぐうたらしている日常生活を知ったら幻滅して離れていくかもしれない。

今までもそうだった。たった一日のデートで嫌われるほど私には女としての魅力がない。また同じことの繰り返しが待っている。

告白されたからといって、舞い上がってうかつに『うん』と受け入れたらダメ。

心の中で自分自身に確認作業をする。

「いえっ、あのっ……。私、恋愛は……」

手を引こうとしたのに、かえって強く握られて離してもらえない。それどころかいっそう距離を縮めてきた彼に、今度は肩をつかまれた。

「後悔させないから」

深沢さんがこんな積極的な人だったとは。じっと見つめられて身動きが取れない。

いや、また鉛のように体が重くなってきて、動くのがつらい。

「でも……」

なんとか声を絞り出すと、彼は私の耳元に顔を近づけてくる。

「付き合おうよ。いや、結婚しよう」

結婚？　そこまで考えているの？

びっくりするような艶っぽい声でささやかれて、完全に思考が停止した。

私の恋愛経験値では対処できない。

呆然として目を見開いていると、彼は少し離れて余裕の笑みを浮かべる。

「篠崎さんって、変なものが見える人でしょ？」

「どうしてそれを……」

驚きのあまり肯定の返事をしてしまった。

「やっぱりね。俺なら助けてあげられるよ？　今すぐにね」

「深沢さんも見えるんですか？」

ということは、もしかして体が重いのはあやかしのせい？　でも、どこにもいないよ？

「苦しいんじゃない？　楽にしてあげるよ」

深沢さんは私の質問には答えず、畳みかける。彼は口の端を上げたが、なぜかその笑みに背筋が凍った。

「ほら、どうする？」

私の頬に手を伸ばしてきてそっと触れる彼は、選択を迫る。

触れられた瞬間、体がますます重くなった気がしてうなずきそうになった。

これがあやかしのせいだとしたら、怖すぎる。

「なにしてる！」

そのとき勢いよく入口のドアが開き、深沢さんの手が離れた。低く唸るようなその声の主は十文字くんだ。

串さとの店長にすごんだときと同じ鋭い視線を深沢さんに向け、すさまじい勢いで近づいてきて、彼の胸ぐらをつかむ。

「あやめに手を出すんじゃねぇ」

「ちょっ！」

いきなりなにしてるの？

あわててふたりの間に割り込み引き離そうとするも、十文字くんの目は血走っていて手を離す気配はない。

どうしたの？

「なにをそんなに興奮しているんですか？　余裕のない男は嫌われますよ」

胸ぐらをつかまれても動じない深沢さんは、ニヤリと笑う。

「お前の魂胆くらいお見通しなんだよ。消えろ」

「魂胆？　俺は彼女が好きなだけだ」

堂々と私への愛を告白する深沢さんにも驚いたが、それより十文字くんの変貌ぶりに混乱している。

それに、魂胆ってなに？

「十文字くん、落ち着いて。手を離して」

まずはこの状況をなんとかしなければと必死に訴える。すると深沢さんが彼の手をガシッとつかみ、引き離した。しかし、視線のバトルは続いている。

「まるで子供ですね。篠崎さんも苦労するはずだ」

「なにっ⁉」

再び突っかかりそうになった十文字くんを止めるために、彼に抱きついた。

「お願いだから落ち着いて」

彼の荒ぶる呼吸に気づき動揺していたけれど、私は冷静を装って静かに諭す。

「篠崎さん。なぜか彼が興奮しているから、今日は失礼するよ。でも、いい返事待ってる」

最後まで大人の余裕を見せつけた深沢さんは、もう一度十文字くんと視線を合わせてから去っていった。

「ねぇ！」

十文字くんとふたりきりになった瞬間、彼から離れて大きな声を出す。

「なんであんなことしたの？　魂胆ってなに？」

「それは……」

なぜか彼は言葉を濁す。

「適当なことを言ったの？」

「アイツが、どうしてひとりのところを狙って現れたと思ってるんだ？」

「プ、プロポーズするためじゃないの？」

感じた通りのことを口にしたのに、彼はあきれた様子で天を仰ぐ。

「お前、警戒心なさすぎ。そんなんだから付け込まれるんだ」

付け込まれるって？

「十文字くん、いつもと違うよ？」

いつもの彼なら私のことを『お前』なんて呼んだりしない。

「とにかく、アイツには近づくな」

「近づくなって……。上司に向かって失礼でしょ？　えっ……ちょっと」

お小言をぶつけた瞬間、彼は突然脱力して倒れそうになったのであわてて支える。

「も、無理」

体格差がありすぎて支えきれないと悟った私は、意識を失ったように見える彼を床に寝かそうとした。

「わっ」

しかしうまくいかず私はうしろにひっくり返り、彼が覆いかぶさる形になってしまう。

お、重い。意外とがっしりしている体につぶされそうだ。

「じゅ、十文字くん？　大丈夫？　ね、目を覚まして？」

彼の肩を数回揺さぶると、ようやく目を開いた。

「あぁぁぁ、なにしてるんですか？」

「え？」

すさまじい勢いで体を起こした彼は、その反動で尻もちをついている。

「なにって……。十文字くんが急に意識を失うから」

その言い方では、私が襲ったみたいじゃない？

「す、すみません」

いつもの彼に戻っている。このどことなく冴えない姿にホッとするのが複雑だ。

「なんでここに……」

ボソッとつぶやく彼は、辺りをキョロキョロ見回している。

「それは私が聞きたいよ」

帰ったとばかり思っていたのに。それに、また記憶が飛んでいる？

ゆっくり立ち上がると、彼も同じように立った。

「今、なにがあったか覚えてる？」

「……いえ」

やっぱり。

「別の病院にも行ってみたら？　ちょっと、変だよ？」

「はい」

渋々うなずく彼は、なにかを思いついたようにハッとして私を凝視してくる。

「篠崎さん、顔が真っ青です」

「えっ？　そう？」

真由子にも『疲れた顔してる』と指摘されたが、そんなにひどい？

気になり、カバンの中からコンパクトを取り出して顔を映してみる。するとそこには、げっそりと頬がこけた自分がいて驚いた。

「あ……。ひどいね。疲れたのかな。んっ？」

唐突に十文字くんが私の腕をつかむので、コンパクトを落としそうになる。

あれ？　急速にだるさが抜けていくような。

彼が私の腕から手を離した頃には、すっかり体調も元通り。さっき深沢さんと話していたときは、体が押しつぶされそうなほど重かったのに。

あれはあやかしの仕業、だったの？

それに深沢さんも見えるようなことを言っていた。しかも、助けられると。

いったいどういうことだろう。

「篠崎さん。深沢さんとふたりきりにならないでください」

「でも、仕事が……」

「会議室でなくても、ここでできますよね？」

珍しく的確なつっこみに、小さく首を縦に振る。

そういえば、深沢さんはいつも私を会議室に呼び出すが、最初の打ち合わせは終わったので自分のデスクでも作業はできる。特に秘密事項を扱っているわけでもないし。

深沢さんとふたりでいると、重い空気を感じることが多いような気もするが、あれは彼もあやかしを引きつけやすい体質だからかもしれない。私に寄ってくるあやかしとの相乗効果で二倍になるというか。

そう考えるとしっくりくる。

「十文字くんって、どうしてそんなに深沢さんを毛嫌いするの？」

「決まってるじゃないですか。僕と篠崎さんの間を引き離そうとするからですよ」

泣きそうな声で甘えてくる彼を見て、あぁ、これぞ十文字くんだと妙に心が和んだ。

翌日からは、会議室ではなく二課のデスクで仕事に取り組むようになった。

すると、さほど嫌な空気を感じることもなく、体も軽い。やはり、深沢さんも寄せつけるタイプなのだろう。

しかも、あの口ぶりではあやかしを追い払うこともできそうだ。それなら、付き合い云々（うんぬん）問わず助けてほしいけど、無理なのかな。

しかし、恋の告白どころか『結婚しよう』というプロポーズまでされてぎくしゃくするかと思っていたが、深沢さんはいたって普通に接してくる。

「篠崎さん、これ話してた資料。あと、できあがった部分を部長にチェックしてもらうから」

「お願いします」

私は緊張しているのに、自然すぎて拍子抜けなくらいだ。

一方、不自然な人が約一名いる。

「篠崎さん、これ教えてください」

隣の席から身を乗り出すようにして私の注目を引く十文字くんは、以前よりいっそう甘えた声を出す。

「あぁ、これは――」

説明を始めると、私たちをじーっと見ている真由子に気づいた。

「なに？」

「十文字くん、お母さんを取られまいと必死ね」

「は？」

どういう意味？と彼女にアイコンタクトすると、深沢さんのことを指さしている。

私は十文字くんの深沢さんへの敵対心をひしひしと感じているが、周りからもそう見えるのかな？

「あのね、お母さんじゃないから」

と抗議しつつ、尻尾をブンブン振ってついてくるような十文字くんが脳裏に浮かんでおかしくなる。

「必死です。篠崎さんがいないと、僕、ダメになっちゃいます」

私たちの会話に首をつっこんできたのは、もちろん十文字くんだ。

すると真由子が「ママ業お疲れ」と小さく噴き出した。

「十文字くん、私がいなくても立派にやってるじゃない」

「でも、僕がひとりで訪問したあと篠崎さんと一緒に行くと、皆さんホッとしたような顔をされていますよ?」

なかなかよく観察している。たしかに『あぁ、来た来た!』と迎えられることが多い。

「それは、私のほうが長く関わっているからよ。十文字くんだってそうなるって。それに、パートさんたちは私のことスルーじゃない」

採用権限者との話は、慣れている私のほうがスムーズにいく。しかし、棚整理に行くと、彼のほうが囲まれるようになった。

隣で聞いていると、彼は積極的に話しかけてくるパートさんたちにたじたじになり笑顔で相槌を打っているだけだけど、それも立派なコミュニケーション。彼が捕まっている間、私は黙々と棚を整頓するというケースが増えている。

「そんなことは全然ないです! 僕を捨てないでください」

まるで捨てられそうな恋人の発言みたいだ。

「捨てるなら、もうとっくに捨ててるから」

ボソッとつぶやくと、真由子がさもおかしそうに肩を揺らしていた。

私にべったりの十文字くんは、深沢さんとの一件があってからますます距離を縮めてきたように感じる。

私が社内に残って、彼が営業に出ているときは、得意先の訪問が終わるたびに電話をよこして進捗状況を報告してくるようになった。

しかしこれが意外にも大正解。すぐに状況の確認ができるので、彼がうまくやれなかったことを聞き出してアドバイスをしたあと、もう一度店内に向かわせることもできる。

先日少しリカーショップ米山に顔を出したとき、『最近十文字くんのおどおど感が薄れてきたよ』と米山さんから耳打ちされたが、いざとなったらすぐに私に頼れるというしろ盾ができたせいかもしれない。

『篠崎さん。例のジュースを採用してくださるそうです！』

その日の最初の電話報告は、高校前の商店の新規採用についてだった。

「やるじゃない！　よかったね」

店の規模が決して大きくはないので、売り上げが大して期待できるわけではない。しかし、コツコツとした積み重ねは大切だし、新規商品の採用は何度経験してもテンションが上がるものだ。

それに今回は、十文字くんが初めて新規採用までこぎつけたのだ。感慨深いものがある。

『はい。でも、篠崎さんが営業されたんですけどね』

たしかに、最初にレモネード風味のジュースを置いてもらえるように話したのは私。けれども、ここ数回は彼が単独で訪問して交渉してきた。

「私はきっかけを作っただけ。本当におめでとう」

『ありがとうございます。僕……一生篠崎さんについていきます』

「いや、それはいいから」

ひとり立ちして？

とはいえ、感極まって泣きそうな様子の彼の声に、私もうるっときた。

『それと、もうひとつ』

今度はトーンの下がった十文字くんに緊張が走る。

棚落ちでもした？

『さっき、串さとの前を通ったら閉店の貼り紙がありました』

もしかしたらガイアビールは売掛金の回収が済んでいないかもしれない。うちも取引を始めていたら、損害が出ていた可能性がある。調査が甘く、二号店の可能性があるからと張り切っていた自分が情けない。

「そう……。串さとの件は、十文字くんに助けられた。ごめんね、ふがいない先輩で」

『ち、違います！　篠崎さんは最高の先輩です。いないと僕、死んじゃいます』

それは大げさすぎるから。でも、彼の心遣いがうれしい。

「ありがと。気を引き締めてもっと頑張るね。もう一軒あるよね？」

『はいっ。行ってきます』

「行ってらっしゃい」

ひとりで営業に出ることになった初日は、それこそ死にそうな表情をしていた彼だったが、以前より声に張りが出てきたようにも感じる。甘えん坊の部分は加速している気がしなくもないけれど、それも不安を抱えながらも奔走している証なのかもしれないので、今は大目に見たい。

資料作りの作業が一段落したのでコーヒーを淹れに給湯室に向かうと、深沢さんが姿を現した。

彼とふたりになるたびになんとなく空気がよどむのは、やはりあやかしを引きつけているからだろうか。しかしあやかしの姿はどこにも見えないので、本当のところはわからない。

「お疲れ様」

「お疲れ様です。深沢さんもお飲みになりますか？」

「うん」

私はカップをひとつ追加した。

「なかなかふたりになれなくて」

コーヒーをカップに注いでいると、私の隣に歩み寄った彼はささやく。

私は過剰に反応して手を止めてしまった。

「そう、ですね」

会議室ではなく自分のデスクで仕事をするようになったので、いつも人目があって
プライベートの話はしにくい。

「十文字くんが失礼なことをして申し訳ありませんでした。彼、急にひとりで営業に
出るように急かされたから、深沢さんに反発心のようなものがあるみたいで」

十文字くんがあまりにつっかかるのでフォローしておこうと話す。

「わかってるから大丈夫。でも、そろそろ踏ん張ってもらわないとね」

怒っているわけではなさそうだ。大人の余裕を感じる。

「はい」

「それで、先日の続きなんだけど」

彼は私の横にぴったりとくっつくように立ち、コーヒーを注いだカップを手に取り
ながら口を開く。

「俺とのこと、考えてくれた？」

「あのっ、私……今は恋愛モードじゃないというか……。深沢さんのように素敵な方

に好意を寄せていただけるのはとっても光栄なのですが――」

「それなら、デートしてみない？　篠崎さんが仕事に没頭したいと思っている真面目さは理解しているつもりだよ。でも、彼氏がいたってそれが無理じゃないことを証明するから」

　この押しの強さを十文字くんにも見習ってほしい。

　とはいえ、その気がないと伝えればあきらめてくれると思っていたので、なかなか引かない彼に戸惑った。

「深沢さん、女子社員から大人気じゃないですか」

　真由子の顔を思い浮かべる。

　彼女には深沢さんからの告白を伝えていない。彼にあこがれている彼女には話しにくいのだ。

　ただ真由子も、〝素敵な人〟という程度で、〝好き〟まではいっていないと思う。彼女が真剣に恋をすると、目に見えるところでは騒がなくなるからだ。

「でも、篠崎さんが好きなんだ」

　視線を絡めて熱く訴えられ、心臓が拍動を速める。

　これほど男らしい告白をされたら、心も揺らぐ。この人なら大丈夫なのでは？と信じたくもなるが、十文字くんがひたすら拒否するのが引っかかっている。

彼は串さとのときも、反対するだけの根拠を押さえていた。もしかして、私の知らない深沢さんの顔を知っていたりして。

気持ちをぶつけてくる深沢さんより、十文字くんの意見が頭に浮かぶのが自分でもおかしいのはわかっている。

しかし十文字くんは、へっぴり腰で押しが弱くてだらしがなくて、せっかく整えた髪形や洋服が無駄になってしまいそうなほど〝冴えない〟のに、純粋で嘘はつかず、誠実なのだ。

そんな彼があれほど〝近づくな〟と警告してくるのがどうにも腑に落ちない。深沢さんに怒っているわけでも、世話係と化している私を取られるという不安からでもないような、なにかを感じる。

「えっと……」

「ごめん。強引すぎるね。とりあえず食事にでも行かない？　金曜はどうかな？」

私はどうしようか考えあぐねたものの、きちんと断るにしても、もう少し彼のことを知ってからでも遅くないという気持ちと、あやかしについて話をしてみたいという思いが強く、承諾の返事をした。

そして金曜がやってきた。

約束をした日から、深沢さんとプライベートの会話をするのは初めてだ。というのも、十文字くんがいっそうぴったりくっついているようになり、給湯室に行くときまでそばにいるからだ。

そのため、デートのお誘いも社内メールで来た。そういえば、プライベートの連絡先は交換すらしていない。

【十九時に駅の西口で待ってる】

私たちがいつも使うのは東口。目立たないようにあえて西口にしてくれたのだろう。

十八時四十分になると、深沢さんが先に出ていく。私もパソコンの電源を落とそうとすると、十文字くんが話しかけてきた。

「篠崎さん、まるはの朱雀の件なんですけど――」

約束の時間は気になるけれど、必死に仕事を覚えようとしている彼を放っておけない。相談に乗っているうちに、真由子も帰っていった。

「うーん。せめてあと一週間、エンド確保できないかな？」

すこぶる調子よく売れているのに、ガイアが別の商品をぶつけてきているのだ。

「販促金を盛るようで」

「またお金か。容赦ないな」

高いシェアを誇るガイアビールは、ＣＭをバンバン打つし、すぐにインセンティブボーナスの話が出る。営業も多少利益を削ってでも量が出ればＯＫと通達されているらしく、我が社とは売り方が異なる。

「来週、私も顔を出して頼み込んでみる。レシピも好評なんでしょ？」

「はい。レシピを見て食材をそろえて帰るお客さんもいると店長が——。篠崎さん、時間気にしてます？」

チラッと時計に視線を送ったことに気づかれてしまった。抜けているように感じる彼だけど、意外に鋭い。

「あぁ、ごめん。ちょっと用があって」

「用って？」

珍しく追及してくるので、焦る。

もしかして深沢さんに会うと気づいている？　そんなわけないか。だれにも打ち明けていないし。

「ちょっと」

とっさに嘘が思いつかず、曖昧にごまかした。

「そうですか。すみませんでした」

「あぁっ、そんなにへこまないでよ。全然間に合うから」

一気にテンションが下がった十文字くんにあわてる。彼の扱いはときどき難解だ。

「ごめん。月曜にもう一度話し合おう。それじゃあ、お先です」

「お疲れ様でした」

沈んだままの彼を置いていくのも忍びないが、深沢さんを待たせるのも悪い。

十文字くんには全然間に合うなんて言ったものの、十九時まではあと五分。会社の玄関まで行くだけで精いっぱいだった。

「まずい」

玄関から西口までは走っても十分といったところ。私はすぐさま走りだした。

どこからか漂ってくるキンモクセイの甘い香りが鼻をくすぐるものの、足を止める余裕はない。

十分遅れて西口に着いたはいいが、深沢さんの姿が見えない。遅れたから帰った？

「篠崎さん」

走ったせいで荒くなった呼吸を整えていると、背後から声をかけられて振り向いた。深沢さんだ。

「遅れてすみません。もう帰られたのかと」

「えっ、大して遅れてないだろ？　帰らないよ。今は仕事中じゃないんだから」

クスクス笑う彼の表情が穏やかでホッとした。

私がびくびくしていたのは、彼が仕事では時間厳守の人だからだ。課長より厳しいため、彼が二課に来てからは毎朝、十文字くんのギリギリの行動にハラハラし通しなのだ。

といっても、毎日絶対に始業時間前に滑り込む十文字くんは、遅刻しない能力の持ち主なのだとわけのわからない感心をしている。

「それに、仕事をしていて遅れた人に文句なんてないよ。レストランを予約してあるから行こうか」

「はい」

てっきり電車に乗って移動するのかと思いきや、ロータリーでタクシーに乗り込んだ。

「イタリアンなんだけど、苦手じゃない？」

「大好きです」

「それはよかった」

タクシーに乗り込んだ瞬間、嫌な空気を感じたのでキョロキョロしながら答える。

「どうかした？」

「あの、深沢さんって……。いえ、なんでもないです」

あやかしが見えるのかたずねようとしたが、運転手に聞こえていると口を閉ざした。

「なんでも遠慮なく聞いて？　俺も篠崎さんのことを知りたいし」

「わかりました。あとで」

何気なく言うと、彼は軽く口角を上げて私と視線を絡ませた。

「篠崎さんと食事に行けるなんて光栄だな。今日は楽しくなりそうだ」

「いえ、こちらこそ」

今まで付き合ったどの男性より大人の雰囲気漂う彼にたじたじになる。

その一方で背中に冷たいものが走った。やっぱりなにかいる。

今日は体が重いというよりは、全身を真空パックにされていくような感覚があり、四方八方から押さえつけられて息が苦しい。

けれども、せっかく食事に誘ってもらったのだしと、笑顔を作った。

イタリアンレストランには十五分ほどで到着した。大通りから一本入った路地裏にあるレンガ造りのオシャレなお店だ。

「素敵なレストランをご存じなんですね」

「気に入ってもらえてよかった」

窓際の席に座り、ワインで乾杯をしたあと食事を始めた。

「篠崎さん、かなり飲める人なんだって？」

「だれに聞いたんですか？　実はビールが好きでこの会社に入ったんです」

深沢さんとふたりきりで食事なんて緊張すると思っていたのに、彼の話術が巧みだからか会話が弾む。

「そっか。俺は商社狙いだったんだけどことごとくダメで、滑り止めみたいな形で入ったんだ。でも、今はエクラに入社してよかったと思ってる」

「深沢さんにエクラのお仕事が合ってたということですか？」

「いや、篠崎さんに会えたから」

アンティパストのホタテとトマトのマリネに伸ばしていたフォークが止まる。

こういうことがさらりと口から出てくるのが大人なんだろうな。

私は挙動不審なくらい視線を泳がせてしまった。

「ごめん。食べようか」

うまく返せない私に気づいた彼は、なんでもなかったように食事を進める。

「あのっ、お聞きしたいことが」

「そうだったね。なんでも聞いて？」

「はい」

私はワインをひと口、のどに送ってから話し始めた。

「以前私に『変なものが見える人でしょ？』とお聞きになりましたよね。それで助けてくださると」

「あぁ、そうだね」

　彼は食べる手を止め、余裕の笑みを浮かべる。その笑みが、聞かれて困ることなどないという意思表示だと感じた。

「私……ずっと悩んでいて。実は人ではないものが見えるんです。幼い頃からそうで、少し前までは無視をしたり一喝したりすれば消えてくれたんですけど、最近はそれだけじゃダメで……」

　思いきって告白したが、彼は驚く様子もない。

「深沢さんも、見えていますよね」

「そうだね。よく見える。君にまとわりついているあやかしたちが」

　彼が私の背後に視線を移すので背筋が凍る。やっぱりいるんだ。

「私、なにかがいるのはわかるんですけど、今日は見えないんです。いつもは見えるのに、どうしてだろう」

「それは、姿を隠したまま近づいてじわじわ弱らせろと命令しているものがいるんじゃないかな？」

　達観したような彼の言葉に目を瞠る。

「命令？」

「そう。あやかしの世界にもヒエラルキーがある。下のザコたちが従わざるを得ないほど力を持ったものがね」

ヒエラルキー？　それじゃあ、ラスボスみたいなすごいあやかしが背後にいるの？

だから最近は振り切れなかったのか。

「え……」

「時が満ちたんだよ。もうこれ以上は待てないってこと」

不敵な笑みを浮かべて淡々と話す深沢さんだが、私はその意味をよく理解できない。

「待てない？」

いったいなにを？

「そう。散々邪魔されて、腹を立てているんだ。そろそろ本気を出してきたのさ」

「その、力を持ったあやかしがですか？」

たずねると、彼は深くうなずいた。

「どうして、そんなことがわかるんですか？」

「篠崎さんはあやかしの話ばかりだね。せっかくふたりになれたのに」

「ごめんなさい」

こんな相談ができる人が他にはいないので、これがデートだとすっかり頭から飛んでいた。

謝ったものの、彼の言葉が気になって食事や会話を楽しむ余裕はない。

今までにないような強い力を持ったあやかしが背後から糸を引いて多数のあやかし

たちを操り、私を弱らせようとしている、ということよね。

でも、どうして弱らせようとしているの？　時が満ちたって、なに？

疑問だらけなのに、牽制されたので切り出せない。

「これうまいんだよ。いただこう」

深沢さんは今までの会話なんてどこ吹く風で、レアに焼かれた柔らかい牛肉を私にすすめた。

しかし動揺している私には、その味がよくわからなかった。

今も周囲にたくさんのあやかしがいるの？　ずっと押しつぶされるような苦しさがあるのは、弱っている証拠？

帰りたい。もしも私と同じように見える深沢さんが一緒にいることであやかしの数が増えているのなら、申し訳ないけど彼から離れたい。

彼は怖くはないの？　私のように苦しくないの？

あやかしがいるとわかっているのにまったく動じない深沢さんの様子に、首をかしげる。

それからはワインをたしなむ気にもなれず、ひたすら食事を進めた。一刻も早く帰宅するためだ。

「顔色が悪いよ？」

「すみません。ちょっと気分が……」

とても笑えなくなった私は正直に伝えた。

いくらデートでも、あやかしだらけの中で食事をしているとなれば逃げ出したくもなる。

「そう」

彼は私をじっと見つめて「仕方ないね」とつぶやき、指をパチンと鳴らした。

すると、真空パックされていた体の周囲にすさまじい勢いで空気がなだれ込んできたかのように圧迫感がなくなったので、目が真ん丸になる。

「言ったよね。助けられるって」

それじゃあ、あやかしたちを追い払ってくれたの？　こんなことができるなら最初からしてほしかったのが本音だが、助かった。

唖然としていると、彼は口元に笑みを浮かべて再び食事を始める。

「篠崎さん、趣味は？」

「特には……。お酒を飲むことくらいです」

「あははは。さすがビールが好きでうちの会社に入っただけのことはある」

どうして平気でいられるの？　私よりずっと慣れているから？　それとも、さっきのように彼自身があやかしをコントロールできるから？

でも、私があやかしに囲まれているとわかった上で、それを追い払えるのにしなかったのはおかしい。深沢さんがなにを考えているのかわからない。

私はとにかく早く帰りたくて、黙々と食事を続けた。

最後に出された熱いコーヒーを焦って飲んだら軽く火傷をして、舌がピリピリしている。

「それじゃあ、出ようか」

「はい」

幸いなことに、あれからだるさは消えている。しかし嫌な感覚はまだあり、近くにあやかしがいると悟っていた。

深沢さんから離れたら、また襲われる？

しかし、彼と一緒にいるのも怖い。ふたりきりになるときに決まって苦しさが襲ってくるからだ。

「ここじゃタクシーも捕まらないね。少し歩こうか」

「はい」

大通りまで歩けばタクシーも走っているだろう。

私たちは大通りまでの数百メートルを、肩を並べて歩きだした。

「それで、返事は変わらない？」

「あっ……」

私、告白されているんだった。

彼とふたりで会うたびに、こうしてあやかしの存在を感じて体調が悪くなるのには耐えられない。しかも、どこかつかみどころがなくて、なにを考えているのかも理解できず、一緒にいても気が休まらない。やっぱり無理だ。

「ごめんなさい。深沢さんが素敵な方だとはわかっているんですけど、やっぱり恋愛をする気にはなれなくて……」

当たり障りなく断ろうとすると、彼は足を止めた。

「ふーん。俺の申し出を断るなんて、上等だ」

「え……」

突然人が変わったかのように侮蔑の眼差しを向けてくる彼に驚き、唖然として動けない。

「バカな女。誘いにのってくれれば、もう少し優しく食ってやったのに」

「深沢さん、どうされたんですか？」

なにを言ってるの？　食ってやったのにってどういうこと？

彼はニヤリと笑い、パチンと再び指を鳴らす。すると途端に視界から周りの景色が消えた。東の空に皓々と輝いていた月すら見えない。

「なに……？」

恐怖であとずさる間に、彼はもう一度パチンと指を鳴らす。今度は、気色の悪いあやかしたちが私たちの周りをぐるりと取り囲んでいる姿が飛び込んできた。

あの大きなカエルを筆頭に、おどろおどろしい顔が浮かび上がる火の玉や一本角の鬼など、すさまじい数のあやかしを前に、完全に腰が抜けてへなへなと座り込む。

「え……。えっ!?」

もう言葉にならない。

「抑えておいてやったのに。今からでも遅くない。俺の嫁になるか？」

嫁になるならこのあやかしたちを消してやると？

やっぱり私、男運最悪だ。

「なりません」

うなずいてしまいそうになるほど追い詰められていたが、首を縦に振れるわけがない。

そのとき、とあることに気づいてサーッと血の気が引いていく。

もしかして、『ザコたちが従わざるを得ないほど力を持ったもの』って彼自身のこと？　寄せつける体質ではなく、彼自身があやかしだったら……。

そう考えるとふたりきりになったり触れられたりするたびに体が重くなった説明も

つく。

十文字くんがあれほど私から深沢さんを離そうとしたのは、深沢さん自身にあやかしの気配を感じていたから？　ううん、十文字くんはあやかしの存在なんて知らないはずだから、偶然？

もうなにを考えたらいいのかもわからないほど錯乱し、恐怖のあまりカチカチと歯が音を立てる。体の震えを制御できない。

「あっ、そう。まあいい。それではひと思いにいただこう」

いただくって？

質問する間もなく彼はもう一度指をパチンと鳴らした。すると、周囲にいたあやかしたちがいっせいに私をめがけて飛んでくる。

「嫌っ。来ないで！」

持っていたカバンを振り回すも、数が多すぎてとても追い払えない。

そのうち、何度もつきまとわれた絣模様の着物姿の男の子が目の前までやってきて、ニッと薄気味悪い笑みを浮かべた。

「キャッ」

そして勢いよくドンとぶつかったあと、私の首筋に鋭い爪を立てる。

「おい、殺すなよ。そいつは俺のものだ」

深沢さんは私が襲われている様子を腕を組んで眺めている。

「離して！　嫌ーっ！」

爪が食い込んできて痛くてたまらない。

どうしたら逃げられる？

痛みと恐怖で視界がにじんだそのとき、ドン！と雷が落ちたような大きな音がして、すさまじい風が起こった。

そちらに視線を向けると、閉鎖された空間の天井に大きな穴が開いていて、さっきまで見えていた星が瞬く空がのぞいている。そしてすぐに空からなにか落ちてくる。

……あれは、人だ。

私の前にスタッと見事に着地し、「こいつに触れるな」と怒気を含んだ声を吐いたのは、あの銀髪で袴姿の彼だった。

助けに来てくれたの？

彼はまず、私の首に爪を立てている男の子を手ではたいた。

「かまわん。続けろ」

しかし不敵な笑みを浮かべる深沢さんが命令を下すと、一旦は距離を取りつつあったあやかしたちがまた私に襲いかかってくる。

すると、銀髪の男が腰が抜けて立つことすらままならない私を片手でヒョイッと抱きかかえたあと、ダン！と地面を蹴って高く飛び上がり、あやかしたちの中心からいとも簡単に連れ出してくれた。

あやかしたちから離れた場所に私を下ろした彼は、両肩に手を置く。

「必ず助ける。俺を信じろ」

涙があふれてきて彼の顔がよく見えない。

怖くて声が出せない私は二度小さくうなずいた。どこのだれだかわからないが、彼を信じるしかない。

「なにしてる」

出し抜かれたあやかしたちに深沢さんが冷たく言い放つと、再びこちらに向かってくる気配がする。

「しょうがねぇな」

あきれ声を出す銀髪の男は、天に向かって右手を挙げた。すると、その手に青白い稲妻のようなものが落ちて緊張が走る。

雷が落ちた？　大丈夫？

涙をごしごし拭いて確かめると、私に背を向けた彼はなんのダメージも受けていない。そして手には、先ほどはなかった剣が握られていた。

「スサノオの正統な子孫の俺に、お前らごときが敵うとでも思ったか？」

「へぇ、天叢雲剣か。そんなものを召喚できるとはね」

スサノオ？　天叢雲剣？

銀髪の男と深沢さんがなにを話しているのかさっぱりわからない。

様子をうかがっていると、銀髪の男が青白く光った剣をブンと一度、左から右へと振る。その瞬間、あんなにたくさんいたあやかしたちの姿が一瞬で消え去った。

「え……」

カエルをひと蹴りして蹴散らしたのとは比べ物にならない。この人、すごいかも。

「あやめに近づくなと忠告したはずだ」

啖呵を切った銀髪の男は、驚くべき速さで深沢さんの懐に飛び込み、みぞおちに肘を入れた。

「あっ」

あっという間に深沢さんが仰け反り倒れたとき、彼から巨大な蜘蛛が分離したので息を呑む。

その蜘蛛の腹部は黒に黄色の線が入っており、私の背よりずっと大きい。脚には細い毛が生えていて、見ているだけでも吐き気をもよおす。

「なにが嫁だ。餌にしたいだけだろ」

銀髪の男は意識を失っているように見える深沢さんには目もくれず、大きな蜘蛛に向かって話している。

「この女を食らえば、不老不死が手に入るんだろ？」

この女って、私？　私を食べると不老不死になるの？

勝手に進む会話がまったく呑み込めない。

腰が抜けたまま呆然としていると、大きな蜘蛛が突然体をブルンと回して腹部をこちらに向け、白い糸を吹きかけてきた。

しかし、銀髪の男がいとも簡単にその糸を剣で切り、大蜘蛛に向かっていく。

「失せろと言ったはずだ。俺に敵うわけがない」

そして極めて落ち着いたトーンで言い放ち剣を振ると、青白い光が蜘蛛の腹部に刺さり、瞬時に大蜘蛛の姿が消え去った。同時に、倒れてぴくともしなかった深沢さんの姿までもが消失した。

「な、なに？」

数回瞬きをしている間に、すべてが片付いたようだ。

たったひと振りで、あんな大きな蜘蛛をやっつけたの？　この人は何者？

銀髪の男は、使っていた剣をポーンと空に向かって投げる。するとそれもまたどこかへ消えた。

それから彼は、動けない私のところまで歩み寄ってくる。

「大丈夫か？」

「は、はい。ありがとうござい……え、十文字くん？」

頬に流れた涙を拭い、銀髪の彼を凝視する。見れば見るほど十文字くんに似ている。

「だれだ、それ」

違うに決まってるか。他人の空似というやつだ。大体彼は銀髪だし、へっぴり腰くんに気色の悪い大蜘蛛を退治するなんてできるはずもない。

「すみません、なんでもないです。本当にありがとうございました」

高ぶった気持ちを落ち着けようと何度も深呼吸すると、彼は私の頭に手を置きポンポンと二度優しく叩いた。

「よく踏ん張った」

「あの蜘蛛はなんなんですか？　餌って？」

私の前に片膝をついた彼に問いかける。

「残念ながら、お前はあやかしにとって特殊な存在なんだ。お前のような人間は何百年かにひとり生まれてくるのだが、成熟した状態になってから食らうと不老不死になれる」

彼の言葉がまるで理解できない。しかしもしそれが本当の話なら、この人も私を食べようとしてるのだろうか。あやかしたちを追い払ったのは、代わりに私を食べるため？

逃げなくちゃ。

とっさにそう思ったのに、腰が完全に抜けていて立ち上がることすらままならない。

体を引きずるようにしてあとずさると、彼は驚いたような表情を見せる。

「お前、もしかして俺が食うと思ってるのか？」

違うの？

「俺をあやかしと一緒にするな。お前を食う趣味はない」

趣味って。

あやかしでないのなら、あなたはいったい何者なの？

疑問だらけでキャパオーバーだ。

「ふ、深沢さんは？」

「さっきの男か。先にもとの場所に戻ったんだろう。蜘蛛に意識を乗っ取られている間の記憶はないから、お前を襲おうとしたことは覚えてはいないはずだ。あの男の近くにいて体が重いと感じたときは、蜘蛛に憑依されていたと考えればいい」

つまり、今日のデートだけでなく、会議室での作業のときやプロポーズのときも？

「男に関してはケガをしないように手加減しておいたから問題ないだろう」

「よかった」

特殊な存在らしい私の近くにいたことで、深沢さんがひどい目に遭ってしまった。しかし、とりあえずは無事のようでホッとした。

「あやかしは、本来の姿でうろつくことが多いが、ときには弱っている人間に入り込み、その体や言動を操る。あの男は、離婚のダメージに付け込まれたんじゃないか」

どうして彼が深沢さんの離婚まで知ってるの？

「憑依さえ解ければ、今後あの男は今まで通り過ごせる。こちらに飛んだ時点で、もとの世界の時間は止まっているから、そこからもう一度やり直しだ。今頃どうしてこんなところにいるのかと首をかしげているだろうな」

ということは、あのレストランを出たあたりに彼は戻れたということ？

「ここはなんなんですか？」

『こちらに飛んだ』と彼はさらりと口にしたが、周囲の景色が遮断されたここはなんなの？

「あやかしが作った世界だ。ここなら人間に邪魔されることなくお前をゆっくり食える」

「食え……」

改めて、あの蜘蛛に食べられそうになっていたと考えると、気絶しそうだ。この人が助けに来てくれなかったら、今頃あの蜘蛛の胃の中に収まっていたかもしれないのだから。

「大丈夫か?」

考えることを放棄したくなるほど錯乱して絶望の中にいる私は、視線をさまよわせたままで反応できない。

「とにかく、お前は狙われている。気をつけろ」

気をつけるって、どうやって? あやかしとの対峙方法なんて知らない。警察に駆け込んだって助けてもらえないでしょう?

「もう、ヤダ」

男運が悪いどころの騒ぎじゃない。食われるなんて、まったく意味がわからない。

恐怖と混乱で涙があふれてきて止まらなくなった。

これからどうすればいいの?

「あぁっ、泣くな」

彼は困ったように眉根を寄せて、私を力強く抱きしめてきた。

「なんとかしてやる。だから泣くな」

「怖い」

彼の広い胸の中でつぶやく。

「いつも周りにあやかしがたくさんいるの。食われるなんて……」

「お前を食えるのは、上級のあやかしだけだ。中級、下級のあやかしは大蜘蛛のようなあやかしの下僕だと思っていい。下級はせいぜい周囲をうろついてダメージを与えるだけ。中級はちょっかいをかけてはくるが、人間を食らう力はない」

あやかし界のヒエラルキーってそういうこと？

それならば、最近よく現れるカエルや絣の着物の男の子が中級なのかもしれない。そして大蜘蛛が上級か。

「だから、命にかかわるのは上級が出現したときのみだ」

それではちっとも慰めになっていない。現に、あの蜘蛛に食われそうになったのだから。

「その上級が出現したら、どうしたらいいの？」

「俺が助けてやる」

彼の力強い言葉に、少しだけ緊張が解ける。自分ひとりではまったく対処できないのだから、彼のことを信じるしかない。

「あなたはだれなんですか？」

ずっと抱えていた疑問をぶつけたが、「俺は俺だ」とはぐらかされた。

「そろそろ行かねば」

行くってどこに？　今、助けてやると言ったばかりでしょ？

「大丈夫だ。困ったら呼べ。来れたら来る」

「え……」

来れたら来るって！　そこは『絶対に来る』でしょ？　そうじゃないと困るでしょ？

その瞬間、彼の姿が忽然と消え、周りの景色も戻った。

ここは、さっき食事をしたレストランのすぐ近くだ。深沢さんの姿はもうなかった。

歩道の真ん中に座り込んでいる私を、通りかかる人がじろじろ見ていく。

まだ恐怖が拭えず、体が震えている。それでもここにいるわけにはいかないと、なんとか立ち上がろうとした。

「篠崎さん」

どこからか聞き覚えのある声が聞こえてきたと思ったら、背後から駆け寄ってきたのは十文字くんだ。

「大丈夫ですか？」

「う、うん。どうして……」

ここにいるの？

「前に、スマホの位置情報の交換をしたじゃないですか」

そういえばそうだ。深沢さんの仕事を手伝うようになってから、外回りをしている彼のところに合流するときに、今いる場所を聞いてもピンとこず、スマホに頼ることにしたのだ。

「そうだったね」

それにしても、どうして今それを使うの？　仕事も終わっているこの時間に、普通検索をかけたりしないでしょ？

「もしかして、深沢さんと約束してるのかなと考え始めたら、いてもたってもいられなくなって。どうしても深沢さんがいい人には思えないんです」

彼はバツの悪そうな顔で告白してくる。

私が会社で迫られているところを見てから、ずっと気にしていたのかもしれない。

串さとの件といい、彼の危険察知センサーはとんでもなく優秀だ。

冴えないはずの十文字くんが不穏な空気を感じ取っていたというのに、私はまた危険を回避できなかった。あれほど体調が悪くなっていたのに、まさか深沢さんがあやかしに憑依されているなんて、想定外すぎて。あやかしが人間に憑くケースがあるとは知らなかったし。

「そっ、か」

とはいえ、情けなくて悔しくて、盛大に落ち込む。

「とにかく、立てますか？」

十文字くんは私の手を自分の肩に回して立たせてくれた。

「心配かけてごめん」

「篠崎さんが無事ならそれでいいです。ここからだと僕の家のほうが近いです。心配だから連れていきますよ」

ふだんは決断力が欠けている彼らしくなく、主導権を握って次の行動を決める。こんなこともできるんだと妙な感心をしつつうなずいた。今日はひとりでいたくない。

彼は大通りでタクシーを捕まえて私を押し込み、運転手に住所を告げた。しかしその住所が私の家とはまったく別の方向なので驚いてしまった。

以前私を送ってくれたとき、近くだと言ってなかった?

「十文字くん、迷惑ばかりかけてごめん」

「篠崎さんは僕のお世話係じゃないですか。これくらい恩返しさせてください」

その気遣いがありがたい。

どこか抜けている彼だけど、優しいところだけはだれにも負けないと思う。

真由子は実家通いだし、他に頼れる友人もいない。今は十文字くんにすがってしまおう。

それにしても深沢さんはどうなったのだろう。銀髪の男は『先にもとの場所に戻った』と話していたが、あのあやかしが作ったとかいう奇妙な空間から解き放たれたあとも姿はなかった。

とはいえ連絡先も知らないし、たとえもうあやかしに操られていなくても、今は声を聞くのも怖かった。


二十分ほど走ったタクシーは、立派な一軒家が並ぶ住宅街に入っていく。

「その先で止めてください」

「もしかして、実家から通ってる？」

それなら迷惑はかけられないとたずねると、「もうひとりいますけど、大丈夫です」と返事が来た。

「もうひとり？」

「はい。とにかく行きましょう」

ようやく震えがおさまってきた私はうなずいて素直にタクシーを降りる。そして、十文字くんに支えられながら進んでいくと、彼は石畳の階段を上がっていこうとした。

「ちょっと待って」

その先には古ぼけた鳥居が見える。

ここ、神社でしょ？

まさか、彼もあやかしに操られていて人気のない場所に連れ込もうとしている?と一瞬頭をよぎったものの、深沢さんがそばにいるときのような重い空気を感じない。それどころか、十文字くんに触れられるたびに不思議とその重苦しさから解放されてきた。彼はあやかしには無縁だと信じたい。

「僕、この神社の社務所に住んでいるんです」

「社務所?」

「はい。実は祖父の代までは神主を務めていまして。でも、まったくお金にならないので、父は神社とは関係のない仕事をしていて今は海外にいます。ちなみに母はいません」

初耳だったので驚いたが、そういうケースもあるのか。

でも、まったくお金にならないって、なかなか現実的なご意見で。神に仕える身でも、お金がないと生きていけないのにはうなずける。

「白山稲荷神社?」

鳥居に掲出されている扁額にそう書かれてある。

「はい、俗に言う〝お稲荷さん〟です。昔からここにあるんですけど、新しい住宅街ができて、完全に浮いています」

「あはは」

彼の話に納得した私は階段を上がり始めた。

「お稲荷さんってことは、狐が祀られているの？」

「狐は神の眷属なんですよ。祀られているわけじゃありません」

「え！」

てっきり、狐が祀られているのが稲荷神社だと思っていたのに、勘違いだったらしい。

鳥居をくぐると正面に拝殿があり、その向こうに見える大きなクスノキは時折吹く風にあおられてざわざわと葉音を立てていた。

境内の右手にある社務所には電気がついている。

「そういえば、もうひとりって？」

いきなりお邪魔して迷惑じゃないの？

「あぁ、弟です。僕がなにもできないので面倒を見てくれているというか……。篠崎さんのことはいつも話していて、弟も知っているので大丈夫です」

なにもできないという部分に関してはうなずける。あの寝癖も、服装のだらしなさも見ているからだ。

「……うん。あっ、お邪魔するんだからお参りしなくちゃ」

暗い電灯がひとつ灯っているだけの境内は不気味で、できれば一刻も早く社務所に入りたい。でも、それでは失礼な気がした。

「明日で十分ですよ。今はすこぶる適当な神が担当……いや、祀られているので、そんなことは気にしません。どうぞ」

えぇっ。神主さんではないとはいえ、適当な神なんて言ってバチが当たらない？

驚いたものの玄関を開けられて、従うことにした。

「志季様、おかえりなさいませ」

パタパタとかわいい足音を響かせて出てきたのは、小学校低学年くらいの男の子。前髪が眉の上でパツンと切られていてあか抜けない感じではあるが、目がクリクリしていてかわいらしい。

面倒を見てもらっているという言葉から、てっきり成人した男性が出てくると思っていたので拍子抜けだ。

しかも志季様って？　兄に〝様〟をつける人なんて初めて出会った。

「すみません。主従ごっこが好きで」

十文字くんがさらりと言う。

〝主従ごっこ〟ってなに？　ちょっと変わっているのは弟くんも同じ？

「銀。こちらいつも話している篠崎あやめさんだ。今日は泊まっていただくから風呂の準備をして」

「かしこまりました！」

十文字銀って、これまた渋いお名前で。

しかも、あんなに小さな子が『かしこまりました』って。主従ごっこがよほど好きなのかな。十文字くんが〝主〟なのが、ちょーっと腑に落ちないけど。

「散らかってますけど、どうぞ」

「お邪魔します」

平屋の瓦葺きの社務所は新しいとは言い難い建物だが、生活するのには困らないだけの広さはありそうだ。

中に足を踏み入れると、廊下の床や柱は年季が入った深い黒茶色をしている。

掃除はされているようだけど、もしかして銀くんがやっているの？

彼についていくと、居間らしき場所に案内された。

「あ……」

掃除はしてあっても、散らかりようが十文字くんのデスクそのもの。無造作にいろいろなものが積み上げられて、洋服も脱ぎ捨ててある。

「すみません。片付けます」

「あぁっ、大丈夫」

そもそも私をここに連れてきたのは緊急事態だったからだ。助けてもらったのに贅沢は言えない。

それに、今まで何度デスクを整頓するよう注意してもできないのだから、すぐに片付くとも思えない。

「それじゃあ、お茶を」

「私、やるよ?」

なにもかもやらせては悪いと思い彼に続くと、台所の片隅にはカップラーメンが箱買いしてあった。

「ねぇ、いつもなに食べてるの?」

「ラーメン?」

なんでそこ、疑問形?

「銀くんは?」

「ラーメン」

そうよね。いくら面倒を見てもらっているといっても、幼い子が台所で食事を作っていたら驚きだ。

「銀くんは育ちざかりなんだから、ちゃんと食べさせてあげないと」

「たまにレトルトカレーも食べますよ」

自信満々な彼に、ため息が出る。

「それじゃあダメだよ。今日の晩ご飯は？」

「僕はまだですけど、遅くなると電話しておいたから銀はラーメンでも食べたんじゃないかと」

「あのさ、面倒を見るのは十文字くんのほうだからね。私は二、三歳違うだけの弟さんが出てくると思ってたわよ」

腰が抜けていたというのに、彼のダメっぷりを見ていたらいつもの調子が戻ってきた。

「冷蔵庫、開けていい？」

「はい」

許可をもらい冷蔵庫をのぞくと、牛乳と卵、そしてソーセージ。あとはマヨネーズやケチャップといった調味料がある。いや、それしかない。野菜の類はまったくない。

「お米はある？」

「はい、お米だけはたくさん」

「うーん。オムライスなら作れそうだから、ちょっと待ってて。まずはご飯炊かないと」

炊飯ジャーをはじめ家電や調理道具はそれなりにそろっている。どれもピカピカなのは、使っていないからだろう。

「篠崎さんって、料理までできるんですか？」

「あのね、オムライスくらいで目を輝かせるのはやめてくれる？」

私の印象はオムライスも作れない人だったということになる。

「玉ねぎないけど我慢ね」

「玉ねぎは嫌いなのでいりません」

「十文字くんの意見は聞いてない。銀くんのためよ！」

玉ねぎは嫌いって、子供か！とつっこみたいところだが、彼らしいなと笑みがこぼれた。

「よかった」

「なにが？」

「篠崎さん、笑ってる」

「あ……」

いちいち鋭い彼に驚いたものの、たしかに笑えている。

銀髪の人が助けてくれなければ、きっと私は餌になっていた。なにが起こっているのか理解できないうちに、命を落としていたのだ。

あのままひとりで自宅に帰っていたら、今頃部屋の隅で膝を抱えて泣いていただろう。

さっきの光景を思い出すと、今でも涙がこぼれそうになる。

けれども、十文字くんに心配をかけたくないし、今は銀くんにおいしいご飯を食べさせてあげたいという気持ちで、あの恐怖を少しは忘れられている。

「安心してください。ここは神様のいる場所ですから、守ってくれます」

「十文字くん……。ありがと。でも適当な神様って言ってなかったっけ？」

「気のせいですよ」

気のせいじゃないから。

とぼける彼があまりに優しい目で私を見つめるので、気持ちも落ち着いた。

もしかしたら、十文字くんならあやかしの話をしても信じてくれるかもしれない。少なくとも、バカにはしないと思う。

あとで話してみようかな。

私はそう考えながら、お米を研ぎだした。

ご飯が炊けるまでの間、銀くんが準備してくれたお風呂に入らせてもらった。

十文字くんのぶかぶかのジャージを借りて、ふたりまとめてお風呂に送り出したあと、オムライスを作り始める。

深沢さんと食べたイタリアンは高級で贅沢な料理だったけど、よく味わう余裕などまるでなかった。

あれが最後の晩餐(ばんさん)になっていたかもしれないと思うと、体が震えてくる。

ひとりになると、涙が頬を伝う。やっぱり隣にだれかいないと、怖くてたまらない。

「あやめ様ー」

菫(すみれ)色の浴衣姿で駆け込んできたのは銀くんだ。浴衣を着るなんて今どき珍しいけれど、よく似合っていてかわいらしい。

「温まった？」

「はい。あやめ様、どうして泣いてるの？」

「な、泣いてないよ」

指摘され、あわててごしごし目をこする。

「銀。いいからこっち」

そこに、体温が上がったせいかほんのり頬が赤らんだ十文字くんが現れた。彼もまた鉄紺色の浴衣姿だったのでびっくりだ。ただ、この古ぼけた社務所と神社からするとしっくりくる。

十文字くんを見ていると、銀髪の彼を思い出す。どことなく似ていたのと、和服姿だからだろうか。

「ちょうどできたよ」

私はふたり分のオムライスを、これまた古びたちゃぶ台に運んだ。

家電は新しいのに、調度品は時代を感じるものばかり。ミスマッチだが、おじいさんの代から大切に使っているのかもしれない。さすがに家電は壊れるため新調したのだろう。

「うわー。おいしそう」

銀くんの目がオムライスにくぎづけだ。

「どうぞ」

「いただきます！」

すすめると、飛びついて食べ始めた。

「篠崎さんの分は？」

「私はさっき食べたから」

「でも、おいしそうですから」

十文字くんは自分のオムライスにスプーンを入れてひと口分すくったあと、私の前に差し出してくる。

「ん？」

「あーん」

「え……」

まさか、食べさせようとしているの？　銀くんにならまだしも、この歳になって『あーん』は恥ずかしいでしょ？

とはいえ、彼氏ができたらあこがれのシチュエーションではあるけれど。

「篠崎さん、あーんしてください」

「ちょっとそれは」

「どうしてですか？」

真顔の彼は、なぜ私がためらっているのかわからないらしい。

もじもじしていると余計に恥ずかしい気もして、思いきって口を開けた。するとすぐにスプーンが口に入ってくる。

「おいしいですか？」

「うん」

私が作ったのに、彼に聞かれてうなずいた。

「いただきまーす」

それから十文字くんもパクパク食べ始める。

「幸せー」

満面の笑みを浮かべて食べ進む十文字くんと、頬にご飯粒をつけて一心不乱に口に運ぶ銀くんを見ていると、ホッとする。

生きていてよかった。

「あやめ様！　こんなにおいしいものは初めてです」

半分くらい食べたところでようやく勢いが緩まってきた銀くんは、ケチャップだらけの唇を動かす。

「大げさだよ。それに、私はあやめさんくらいでいいよ？」

主従ごっこはふたりでどうぞ。

「あやめ様は志季様の大切なお方ですから、あやめ様で」

大切なって。どんな話をしていることやら。

でもいやに礼儀正しい話し方で、とても小学生とは思えない。主従ごっこの最中だから？

「十文字くん。もう少しちゃんとしたものを食べさせてあげたら？　作らなくても買ってこられるでしょ？」

さすがに晩ご飯にカップラーメンはいただけない。

「ごめんなさい」

「あっ、叱ってるわけじゃなくて。そうしたらどうかなーと」

弟の前で恥をかかせたらまずかったかもしれないと、あわてて言い方を変える。

「あやめ様が作ってくれればいいです」

「はいっ？」

私たちの会話に口を挟んできた銀くんは、ニッと笑ったあと、また黙々と食べ始めた。

それでは完全にお母さんじゃない。

十文字くんは銀くんの言葉に反応すらせず無言で食べ進めている。なんだか不思議な兄弟だ。

ふたりともあっという間に完食したので、今度は後片付け。台所で皿を洗い始めると、十文字くんも隣に来て手伝ってくれる。

しかしこれが想像通り不器用すぎて……。

「あっ！」

洗剤で洗った皿を彼に渡して流してもらおうとすると、手を滑らせてシンクに落とした。

「ごめんなさい」

いつものように眉をハの字にして反省しきりの彼に焦る。

「割れなくてよかったじゃない。ここは私がやるから、銀くんをそろそろ寝かせないと」

まだ食べ終えたばかりだけど、いろいろあったからもう二十二時になる。

「わかりました」

彼はしょげたまま銀くんを連れて別の部屋に行った。

「弟の前でもあのままなんだ」

少しはかっこつけたりしないのかな？

でも、十文字くんらしくてホッとする。


皿洗いを済ませた頃、十文字くんが戻ってきた。

「もう寝たの？」

「はい。いつもコテンと」

寝つきがいいのはうらやましい。私は最近、自宅の周辺にもあやかしの気配を感じているので、なかなか眠れないのだ。

「お茶、飲む？」

「はい」

自分の家のように振る舞ってしまったが、彼にお願いするより自分でやったほうが早い。

「本当にありがとうございました。銀があんなにうれしそうな顔をするのを初めて見ました」

お茶を出してからお世話になるお礼をしようとすると、彼に先に頭を下げられてしまった。

「オムライスくらいでそんなに感謝されても……。こちらこそ、突然お邪魔してごめん」

「僕は楽しいですよ」

彼が優しい笑みを浮かべるので、嫌々ではないとわかって安堵する。

「深沢さんとなにがあったんですか？」

当然の質問だ。

私は意を決して話し始めた。

「あのね、信じられないような話をしてもいい？」

「篠崎さんのことなら全部信じますよ、僕」

ありがたい返事に、肩の力が抜けていく。

「ありがと。実は私、小さい頃からあやかしが見えるの。舌の長い大きなカエルとか、薄気味悪い男の子とか、脚に毛がもじゃもじゃ生えてるこんな大きい蜘蛛とか」

両手を広げて大きさを示そうとしたが、先ほどの光景がフラッシュバックしてきて涙目になる。

「え……。それは、怖い」

しかし私より十文字くんのほうが口をひん曲げて今にも泣きだしそうな表情になったので、冷静になれた。

しかも、私の話を疑う様子もなく耳を傾けてくれるので、告白する相手を彼にしてよかったと感じている。助けてもらえる気はまったくしないけど。

「最近、襲われることが多いと思っていたら、深沢さんにその蜘蛛のあやかしが憑依してたみたいで」

「憑依！」

さっき、銀髪の人と彼を重ね合わせたが、目が飛び出そうなくらい驚いている様子からしてやはり別人だ。

「それで、襲われそうになったの」

食らうだとかなんだとかいう部分はとりあえず黙っておいた。そんなことを伝えたら、気絶しそうだもの、彼。

「そんな……」

「ねぇ。十文字くん、深沢さんに近づくなって言ってたじゃない？　あれってもしかして、危ないとわかってた？」

ずっと気になっていたことをたずねると、彼はブンブン首を横に振る。

「いえ、全然。篠崎さんが取られちゃうのが嫌だったんです。篠崎さんがいないと僕、どうしていいかわからないから」

「あはっ」

これぞ十文字くん、という答えだ。ある意味、百点満点。

でも、真由子にも明かせなかった話を聞いてもらえるのがありがたい。

「それで、どうしたんですか？」

「それが、きれいな銀色の髪をした男の人が突然現れて、あっという間にあやかしたちを撃退してくれたの。大蜘蛛も一撃って感じで、すごく強かった。かっこよかった……」

蜘蛛のことは二度と思い出したくもないけれど、あの人にはまた会いたい。去り際に『困ったら呼べ。来れたら来る』と口にしていたけど、あやかしに襲われたらまた助けに来てくれるだろうか。

そういえば、成熟した私を食べると不老不死になるとかなんとか話していた。成熟というのがどんな状態なのかよくわからないが、成人したという意味ならなんとなく思い当たるところはある。

子供の頃はあやかしが見えても、なにかを仕掛けられることはなかった。しかし、二十歳を過ぎた頃から、姿を現す頻度も、肩に乗られるというような接触も増えてきた。

きわめつけは、カエルに首を絞められ、男の子に爪を立てられたことだ。

おそらく、上級のあやかしだという大蜘蛛に命令されて、私を弱らせていたのだろう。そしてじわじわ弱らせたところをパクッといくつもりだったんだ。

改めて考えると震えがきて自分の体を抱きしめる。

「大丈夫ですか？」

「うん、なんとか」

いくらヘタレの彼でも、そばにいてくれると心強い。

「僕、なにをしたらいいでしょう？」

「ありがとう。その気持ちだけでうれしいよ」

実際のところ、彼にはあやかしが見えないのだからどうにもできない。それにあやかしが十文字くんに危害を加えないという保証もないのだから、彼を巻き込むわけにはいかない。

「でも……」

「今日はひとりでいるのが怖かったの。だから泊めてもらえただけでありがたいよ」

彼は納得していないようだったが、渋々うなずいた。

「そろそろ寝る時間だね」

これ以上十文字くんに迷惑はかけられないと思い、彼を寝室に促すことにした。

私は眠れそうにないが、幸い明日は会社は休み。ひと晩くらい眠れなくてもなんとかなる。

「眠れますか？」

やっぱり鋭い。

「うーん。なんとかなるでしょ？」

彼があまりに深刻な表情でたずねてくるため口角を上げたが、多分なんともならない。今も思い出すだけで震えるのに眠れるわけがない。

「そうだ！　篠崎さん、こっち」

彼はなにか思いついたという顔をして居間を出ていくので、首をひねりながらついていく。

廊下を少し歩き襖を開けると、和室に布団が一組敷いてあった。私のために用意してくれたのかな。

「いろいろごめんね。ありがとう。それじゃあ、おやすみ……ん？」

おやすみのあいさつをしたのに、彼は布団を三つ折りにして抱えた。

「こっちです」

「どこ行くの？」

なにをしているのだろうと思いながらついていくと、彼はさらに奥の襖を開けた。

そこには銀くんがお腹を出して眠っていて、その隣にもう一組の布団が敷いてある。ふたりで一緒に寝ているのだろう。

「狭いですけど」

なんと彼は、銀くんの布団の横に持ってきた布団を敷き始めた。

私にここで寝ろと？

「あっ。銀は寝相が悪いんで、こっちがいいですか？」

十文字くんが自分の布団の隣を指さすので目を白黒させる。

いくら襲われる気がしなくても、あなたは一応男なのよ？　並んで寝るのはさすがにまずい。

とはいえ、私ひとりでは怖がると判断したのだろう。抜けているところはあるけれど、やはり優しい人だ。

「ううん。銀くんの隣でいいよ。かわいいもん」

「ときどき頭突きされますから気をつけてください」

「頭突き？」

そんなにハードなの？

焦ったものの、敷かれた布団に潜り込んだあとは妙に落ち着いた。

最近、あやかしの気配を感じながらの就寝だったので、だれかがそばにいてくれることで安心できたのかもしれない。それに今日は嫌な空気も漂っていない。

同じように布団に入った十文字くんは、すぐに眠りについたとばかり思っていたのに、「篠崎さん」と呼ばれた。

「うん」

「さっきも言いましたけど、ここには神様がいますから、ちゃんと守ってくれます」

「そっか。ありがと」

いつも彼には頼られてばかりだが、今日は頼もしい。

銀髪の人のように直接的に助けてくれるとはどうしても思えないが、私にこれほど安心感を与えられるのは十文字くんだけかもしれない。

「おやすみ」

私はもう一度あいさつをして目を閉じる。

絶対に眠れないと思っていたのに、睡魔に襲われていつの間にか深い眠りに落ちていた。

翌朝。目を覚ますと、太い柱にかかる時計は九時を指している。

「眠れた」

しかもぐっすり。久しぶりに体が軽い。

隣に視線を移すと、銀くんが大の字で布団を蹴散らしているのでかけてあげた。浴衣ははだけていてもはや役に立たず、お腹に帯がかかっているだけで冷えそうだ。

そしてその向こうには、銀くんと同じく大の字で寝息を立てている十文字くん。かろうじて布団を被っているためお腹は露出していないが、襟元がひどく乱れているのでおそらく銀くんと同じ状態だろう。

「パジャマのほうがよくない？」

昨晩は浴衣もいいな、なんて思ったけれど、このふたりに関しては絶対にパジャマでないと。

まだぐっすりのようなので、先に布団を抜け出した。

昨日の洋服に着替えたあと社務所を出て、神様が祀られている社に向かう。五円玉を賽銭(さいせん)箱に入れて手を合わせた。

『お邪魔してすみません。昨晩は守ってくださってありがとうございました』

心の中であいさつを済ませて振り返ると、浴衣を着直した十文字くんが立っていたので驚いた。

「おはようございます」

「おはよ。あはは、髪が爆発してる」

爆発というか逆立っている。

この様子からすると、毎日一応は整えてから出社しているのかもしれない。整えてもあれなのだろう。うしろは自分では見えないし。

「すみませ……」

彼は悲痛な面持ちで自分の頭を押さえた。

「私、叱ってるわけじゃないから。しょうがないなってお母さんの気分」

真由子の言う通り、彼のお母さん的立場で微笑ましく思っているのだ。

「お母さん」

「ちょっ、一気に老けた気がするからやめて」

こんなに大きい息子を持った覚えはない。

「いなくなってたからびっくりしました」

真顔に戻った彼が、私の心配をしていたと知った。

「ごめん。目が覚めたからごあいさつに」

「はい」

「朝食作ろうと思ったんだけど、材料がなにもなくて」

卵があとひとつと牛乳、そして調味料しかない。

「銀、まだ寝ているんですけど、お願いしていいですか？」

「ん？」

「コンビニ行ってきます。いるもの教えてください。篠崎さんのご飯、食べたいです」

やっぱり〝お母さん〟しないと、と思いつつ笑顔でうなずく。

「それじゃあ、玉ねぎと」

「玉ねぎはいりません！」

ブンブン首を横に振る彼に、いつかこっそり食べさせたい。

「わかったわよ。じゃあね――」

私はいくつかの買い出しを頼んだあと、社務所の中に戻った。

居間でお茶を飲んでいると、銀くんが寝ぼけ眼（まなこ）で顔を出した。浴衣は乱れたままだ。

「志季様、おはようござ……。あやめ様！」

彼は私を十文字くんと間違えたらしいが、すぐに気づいて胸に飛び込んできた。なんてかわいいのだろう。

「おはよう。元気ね」

彼もまた髪がピョンと立っている。さすがは兄弟だ。

「オムライス、おいしかったです」

「よかった。今、十文字くんに買い物に行ってもらったから朝食を作るね。あと、勝手にさわったら悪いと思ってなにもしなかったんだけど、家事のお手伝いはするよ？」

　昨晩は泊めてもらえて本当に助かったから。

「洗濯をしないといけないんですけど」

「それじゃあ、やろう。着替えておいで」

　ニッと笑った彼は駆けだしていった。

　Tシャツとズボンに着替えてきた銀くんは、楽しそうに私の手を引く。

　お父さんは海外で仕事をしていて、お母さんはいないらしいが、寂しいだろうな。

　私が洗濯機に洗剤や柔軟剤をセットすると、彼がスタートボタンを押した。

「毎日お手伝いしてるの？　偉いね」

「志季様はなにもできないんですよ。洗剤を入れ忘れたり、干さずに放置したり……」

「ほんとに？」

　想像通りではあるが、こんな幼い子に負けるとは。

「髪もボサボサだし服も似合ってないし。でも、あやめ様が直してくださったんですよね！」

　あぁ、あのデートのことね。

「うん、まあ……。素材はいいんだから、整えればいいのよ」

　実際、得意先のパートさんたちは目がハートになっているし。

「本当に助かります！　僕じゃわからなくて」

「あたり前だよ」

「今度はだらだらしたところも直してください」

　キラキラした目で懇願されても、それはかなり難しい。

「うーん。頑張ってみる」

「はい」

　しかし、弟にそんな指摘をされるとは。銀くんに面倒を見てもらっているというのは、あながち嘘でもなさそうだ。

「ただいまー」

「おかえりなさい」

　苦言を呈している銀くんだけど、十文字くんのことは大好きな様子だ。彼が戻ってきた途端、弾けた笑みを見せて玄関にすっ飛んでいった。

　それから買ってきてもらった材料で朝食をこしらえた。

　サラダチキンとカット野菜でチキンサラダを作り、ソーセージをコンソメで煮て、卵を加えたスープを一品。他には冷凍カボチャをチューブ入りのにんにくを使ってガーリックソテーにして並べた。あとはチーズトースト。

簡単にできるものばかりだが、ふたりはすごい勢いで食べ進む。

「おいしい！」

「そんなに急ぐとのどに詰まるよ？」

銀くんに注意してみたものの、隣の十文字くんも脇目もふらずに口に運んでいて、兄弟だなぁと頬が緩む。

昨日襲われたばかりの私も、全部食べられた。

私が後片付けを済ませている間に、ふたりはそろって洗濯物を干していた。

「あやめ様！」

戻ってきた銀くんはニコニコ顔だ。

「ご飯のお礼にこれをあげます！」

彼が差し出したのは、木彫りの白狐のキーホルダー。しかし手作りなのか顔がつぶれていて、なんともブサイクだ。

「ありがとう」

けれど、彼の心遣いがうれしくて受け取った。

「絶対にいつも持っていてください」

「う、うん」

とはいえ、カバンにつけて歩くには手作り感が満載で恥ずかしいような。だから私は、カバンの内ポケットのファスナーの金具に取り付けた。

　私たちのやり取りを、十文字くんも笑顔で見ている。

「本当にお世話になりました。そろそろ帰るね。お兄ちゃん、ちゃんとご飯食べさせてあげてよ」

「篠崎さんが作ってくれれば……」

「甘えないの」

　いつも一緒にいられるわけじゃないんだから。

　しかし、ご両親もおらず、男ふたりで奮闘しているのだから、また手伝いに来てもいいかも。そう思ってしまうところがお母さん気質なんだろうな。

「それじゃあ」

　玄関まで見送りに出てくれたふたりに、もう一度頭を下げる。

「駅まで行きます。銀、留守番してて」

「はい」

　玄関で十分と遠慮したのに、十文字くんは駅まで送ると気を使う。留守番の銀くんには申し訳ないけれど心強い。

　肩を並べて住宅街を歩きだすと、彼が口を開いた。

「なにが起こっても、篠崎さんは余計な責任を感じなくてもいいと思います」

「えっ？」

「全部あやかしが悪いんです。優しすぎると、付け込まれますよ？」

あやかしという信じてもらえなくてもおかしくない話をしたのに、彼は受け止めてくれた。それだけで心が軽くなる。

彼も私も、どう考えてもあのあやかしたちに勝てる要素はないが、頼れる人がいるのがこんなに心強いとは。

「そうだね。昔、ウザイ！ってすごんだら逃げていったこともあるし」

「さすがです」

そこを褒められても、うれしくないような。しかし、やはり気持ちを強く持たなくては。

あの銀髪の人の話では、深沢さんも離婚のダメージに乗じられたようだし。でも、彼はどうして離婚について知っていたのだろう。

十分ほどで駅に到着すると、改札の前で立ち止まる。

「十文字くん。歓迎会のとき、私の家から遠いのに送ってくれたんだね」

「篠崎さんは僕の大切な人ですから」

照れもせずこういうことをサラッと口にできるのが彼のいいところだ。

「ありがとう。また月曜ね」

彼に背を向けて歩きだした瞬間、腕をつかまれて驚く。

「篠崎さん。僕、なにもできませんが、いつでも泊まりに来てください。銀がご飯をおねだりするかもしれないですけど」

「うん、そうする。今度はスーパーに買い出しに行かなくちゃ」

と言いながら泣きそうになり、必死にこらえる。

本当はひとりになるのが怖くてたまらない。けれども、これ以上彼を振り回すわけにはいかない。

「それじゃあ」

今度こそ改札をくぐると涙が一粒だけ頬を伝った。

身構えていたのに、土曜も日曜も呆気ないほどなにも起こらなかった。それどころか、ずっと感じていたあやかしの気配もまるでなくて、今までより快適なくらいだ。

銀髪の彼が蜘蛛を倒してくれたからだろうか。しかし、『お前は狙われている。気をつけろ』とも警告していたので気を抜くわけにはいかない。

それにあの大蜘蛛が完全に消失したのかどうか不明だ。もしかしたら逃げただけという可能性もある。

月曜に出社したが、深沢さんの姿はない。彼はあれからどうなったのだろう。

「あやめ、おはよ」

「おはよ」

廊下で出くわした真由子がすがすがしい笑顔であいさつをしたあと、私を手招きする。不思議に思いながらついていくと、あまり使われない階段の踊り場に到着した。

「どうしたの？」

「今、噂を聞いちゃって」

「噂？」

彼女は周囲に人がいないことを確認してから話しだした。

「深沢さん、どうも退職するみたい」

「え！」

驚きすぎて大きな声が出てしまい、彼女に口を押さえられた。

「しーっ。まだ正式発表じゃないから。深沢さんの元奥さん、商品開発部の後輩だったって知ってる？」

「そうだったの？」

色恋沙汰にはあまり興味がなくて、初耳だ。

「うん。それで浮気されたらしいんだけど、その相手も商品開発の後輩——」

「えーっ！」

不倫相手も同じ部署の社員だったの？

「声が大きいって」

真由子は険しい表情で私を叱る。

「ごめん。びっくりして」

「知らなかったか。奥さんは結婚を機に退職してるけど、浮気相手は何食わぬ顔して一緒に働いてたの。不倫が発覚したあとさすがに退職したんだけど、深沢さんの元奥さんとはまだ続いてるみたい。それであっちが本命だったんだねなんて騒がれて」

「そんなのあんまりじゃない」

夫婦にしかわからないいざこざがあったかもしれないが、それならそれで離婚してから付き合うべきだ。

「だよね。それで深沢さんも商品開発部にいづらくなって、異動願を出したんだって。深沢さん、二課に来てからはなんでもない顔して仕事してたけど、実は結構こたえてたらしくて」

「そりゃそうだよ」

同意の相槌を打つ。

私は知らなかったけれど、事情を知っている人たちからは好奇の眼差しを向けられていたのだろう。特に女子社員は、そうした類の話に食いつく人が多い。

「それで、ついに耐えきれなくなったのか、突然退職させてほしいと連絡が来たんだって」

ふたりで仕事をしているときは、そこまでのダメージは感じなかったのに。

でも、あの蜘蛛に操られていたからだったのかな。銀髪の人も深沢さんの弱っているところに付け込んだというような言い方をしていた。

「そっか。なにもできなかったな、私……」

「あやめが気を揉(も)むことはないよ。知らなかったんだし、偶然サポート役に抜擢(ばってき)されただけだもん」

「……うん」

とりあえず深沢さんが無事でいることは確認できたが、実に後味の悪い終わり方だ。

「あっ、真由子。深沢さんのこと気になってたんじゃないの？」

すっかり頭から飛んでいた。

「恋じゃないわよ。鑑賞対象？　いい男って見てるだけで元気になれるじゃない」

やはり恋までは行ってなかったか。予想は的中していた。

「そう……」

「私、最近年下が気になるのよね。あやめと十文字くん見てるからかな」

思いかげないことを口にされて、目が点になる。彼女は年上ハンターだったのに。

「どうして私たちを見ているとそうなるの？」

「母性本能くすぐられちゃってるじゃない。私も、少し前までは守ってもらいたい願望でいっぱいだったけど、守ってあげるほうもいいかなって」

そうは言うが、彼女はタイプがコロコロ変わるので一時的なものだろう。真由子には自覚がないようだけど、好きになった人がタイプなのだ。

ただ、今までは〝ダンディな年上〟という点は譲らなかったので、ストライクゾーンが広がったことには違いない。

「なるほどね。狙ってる年下くんがいるんだ」

「鋭いわね」

ビンゴか。

「あとで事情聴取するから。そろそろ始業時間だよ……って、そういえば十文字くん！」

ちゃんと来てる？

私たちはあわてて二課に戻った。

十文字くんは相変わらずギリギリに滑り込み、寝癖直しスプレーをひと吹きする。

それからすぐに課長が入ってきて、深沢さんの退職が発表された。

「篠崎、ちょっと」

「はい」

私が呼ばれたのは、彼と一緒に仕事をしていたからだ。

「深沢くんが、中途半端で放り出して申し訳ないと謝っていたよ。本来ならきちんと引き継ぎしてもらうんだが……」

課長は複雑な事情を知っていて、急な退職を受け入れたのだろう。もしかしたら私たちが知らなかっただけで、深沢さんはかなり病んでいた可能性もある。

「驚きましたが大丈夫です。深沢さん、資料はほとんど仕上げられましたよ。もう二、三日いただければ完成します。それに、新人さんの指導は別の方にお願いすることになっていますし」

「あぁ、それは聞いている。すでに打診して快諾されていると。その資料ができたら、今までの業務に戻っていいから。十文字を頼むぞ」

「わかりました」

深沢さんの退職は、残念ではあるがホッとした気持ちもある。

彼が悪いわけではないとわかっているものの、あんな体験をしたあとなので一緒に仕事ができるか不安だったからだ。

あやかしさえいなければ……。

私が特殊な存在だから、深沢さんが犠牲になってしまった。やっぱり、私のせい？

自分のデスクに戻って呆然としていると、十文字くんに声をかけられた。

「篠崎さん」

「篠崎さんは悪くないです」

心の中を読まれたようなことを小声で伝えられて目を瞠る。

「うん、ありがと。さて、山本さんのところ、ネクスト黒の棚落ちの分、サワーを入れようと思ってるんだけど」

考えても堂々巡りだ。私は気持ちを切り替えて仕事に集中することにした。

「もしかして、僕がやるんですか？」

「当然」

あからさまに顔をしかめる十文字くんだけど、ビシバシ鍛えるわよ。

「えぇー、無理です」

「無理じゃない。シャキッとする！」

「あはっ。お母さん、スパルタ」

真由子に茶化されても、手は抜かないわよ？

「教育資料を大至急完成させて、次回から合流するから」

「本当ですか？」

銀くんみたいなキラキラの目ですがりつくのはやめて。

「でも、私はサポートね」

「それでもいいです！」

テンションが急上昇した十文字くんに、私も真由子も噴き出した。

無事に新人用の資料を作り終えた私は、木曜から再び営業活動だけに集中できるようになった。

資料作りは勉強になったが、やはりデスクでじっと仕事をしているより外回りのほうが向いている。

十文字くんと一緒にリカーショップ米山に顔を出すと、米山さんが笑顔で迎えてくれる。内勤をしだしてからも数回訪れていたが、ここ最近は十文字くんに任せたままだった。

「篠崎さんじゃないか。久しぶりだね。そのうち来るってなかなか顔を見せないから、このまま担当交代かと思っていたよ」

「すみません。内勤業務が終わらなくて」

米山さんはコツコツ真面目に通っていれば、きちんと頑張りを認めてくれる人だ。だから、近いうちに正式に十文字くんに引き継いでもいいかなと思っている。

「十文字くん、頑張ってたよ。うちのパートさんに囲まれちゃって、なかなか棚整理をさせてもらえなかったみたいだけどね」

そういえばそんな話をしていたような。

「かわいがっていただけてうれしいです」

「かわいがるっていうか、もみくちゃだな。いい男は罪だねぇ」

私の隣の十文字くんはフルフルと首を横に振っている。

「米山さん負けてませんよ？」

「もちろん、負けたつもりはないけどね。でも、パートさんにはスルーされるんだよねー」

米山さんはお茶目に笑った。

こういう会話にも乗ってくれるので、話しやすいのだ。

「米山さん。目、どうかされたんですか？」

彼の目が赤くて、少し腫れているように見える。

「ああ、恥ずかしいところを見せたね。実はうちの猫が病気で死んでしまって」

「そうだったんですね。それは……」

言葉も出ない。

彼は無類の猫好きで、家で三匹飼っていたはずだ。スマホに保存してある猫の写真を何度か見せてもらったことがある。しかも三匹とも捨て猫で、保護して大切に育てた素敵な人だ。

「悲しいに違いないけど、いつまでも泣いていたらチビに笑われると思って。頑張らないとね」

「はい。天国から見守ってくれていますね、きっと」

「ありがとう」

彼は悲しげに微笑み大きくうなずいた。

「あっ、ガイアさん」

そのとき、私たちの背後に視線を向けた米山さんがつぶやいた。どうやらガイアビールの訪問と重なったようだ。

ガイアは最近担当がシャッフルされて、四十代後半の男性から、十文字くんと同じ歳の担当者に交代した。

しかも、短髪姿がしっくりくる爽やかな彼——谷津（たにづ）さんは、真由子の片思いの相手なのだ。彼女の担当先とも一部かぶっていて、雑談しているうちに仲良くなったと真由子が先日白状した。

まさか商売敵が恋の相手だとは思わずかなり驚きもしたが、同じ業界の者同士、悩みも行動パターンも似ているので、意気投合する気持ちがわからないではない。ただ、成就するかどうかは難しいところだ。

「こんにちは。お気になさらず、続けてください」

彼は私たちを見て、一旦外に出ていく。気を使ってくれたらしい。

「それでは、仕事のお話を。今日はビールではなくサワーのご紹介です。実は他店さんで少し置いていただいたところ、かなりの勢いで出ていまして——」

十文字くんが頑張って、バリューショップで棚落ちしたネクスト黒の代わりにわずかなスペースにねじ込んできたのだ。どうやら担当の山本さんは頑としていらないと拒否していたらしいが、ガイアさんに取られてかわいそうにと同情してくれたパートさんの押しで少しスペースをいただけたのだとか。

いい男って、得だ。

「弊社のサワーは炭酸が強いのが特色で、最近は女性にも大人気なんです」

最初は相変わらず聞いているだけの十文字くんだったが、「とりあえず置かせていただいた三ケースは一日経たずして売れまして、大好評のようです」と付け足した。

営業の腕、上がってる。最近は午後だけ一緒に行動することが多かったけれど、これほど顕著に彼の成長を目の当たりにしたのは初めてだった。

「へぇー。うちは今までビールがメインで、サワーに力を入れてこなかったもんなぁ。サワーのコーナーを目立たせてアピールしてみるのもいいかもね。とりあえず、試飲させてくれない？」

「ありがとうございます。次回必ずお持ちします。パンフレット、引き出しにしまっていただけますか？」

お願いすると、米山さんはうなずく。

「ガイアさんには内緒だね」

「そうしていただけると助かります」

アピールが済んだ私たちは、谷津さんと交代することにした。

もちろん今日の営業だけで入るとは思っていないし、試飲してもらってからが長い道のりだ。次の手を考えなければ。

「谷津さん、お待たせしました」

「篠崎さんでしたよね。岸田さんからうかがっています」

「はい。岸田がご迷惑をおかけしているのでは？」

真由子からは一緒に食事に行ったと聞いている。

「とんでもないです。仕事で疲れていたところを、慰めていただきました。同じ業界の方は話がわかって助かります」

「そうでしたか。あっ、米山さんがお待ちです」

「それでは、失礼します」

彼は十文字くんをチラッと視界に入れてから離れていった。

「彼、十文字くんと同じ歳だって。十文字くんもひとりで大丈夫そうよね」

谷津さんは少し前まで広報にいたらしく、営業として担当を持ったのはまだ最近のことだと小耳に挟んだ。

十文字くんにささやくと、彼は眉根を寄せる。

「突き放さないでください」

「十文字くん、前よりずっとよくなってるじゃない。ここは心を鬼にして、放り出したほうがいい気がしてきた」

「無理です。無理」

顔色まで悪くなってきたのでからかいすぎたと反省した。

実は真由子の話では、ガイアは研修もそこそこにすぐにひとり立ちさせるらしい。しかもいきなりノルマをてんこ盛りにされるので、新人の離職率が高いとか。谷津さんもノルマの多さに苦しんでいるようだ。

それに加えて、ガイアは価格勝負ばかりしてきた会社なので、得意先で『それで販促金出るの？』という話になり、商品の説明をまともに聞いてもらえないというジレンマもあるそうだ。大きな会社で、ふだんの納入価格も低めに抑えられてうらやましいと思っていたが、エクラとは違う悩みがあると知り複雑な気持ちだ。

「隣の芝は青いんだろうね」

車へと歩き始めたあとボソッとつぶやき振り向くと、ついてきているはずの十文字くんは足を止めて、谷津さんが店内に入っていく様子を凝視している。

「十文字くん、どうした？」

「いえっ。谷津さん、疲れたオーラが出てるなと思って」

そんなオーラ、わかるの？

「ノルマが大変みたいよ」

「そうでしたか」

彼は納得した様子でうなずき、私と並んで歩き始めた。

翌週の水曜日。私はまた十文字くんと一緒に営業に飛び出した。

今日は米山さんに飲んでもらうサワーを準備している。

「米山さん、小売店協会の会議があるらしくて十時前に少しだけなら会ってくれるから、急ごう」

十文字くんと話しながら社屋を出たところで足が止まる。

「真由子？」

そこには先に営業に向かったはずの真由子と、ガイアビールの谷津さんがいたのだ。

しかも、ふたりはなにやら言い争いをしている。

「ちょっと、どうしたの？」

時間がないが放置もできない。私は真由子を引っ張って止めた。

「谷津さんが、ガイアの情報を私が盗んだと言うのよ。愚痴は聞いたけど、聞いてはまずい話なんて心当たりないのに」

おそらく真由子の発言は正しい。

彼女は私と同じくお酒に強いので簡単には酔わないし、いくら惚れた男だからといって機密情報を流すような人ではない。それに、新人から聞き出せる情報くらい自力でつかんでくるので、いちいち盗むまでもない。

私だって、それぞれのメーカーの大体の納入価もインセンティブの条件も把握済み。その情報を得意先でさりげなく仕入れてくるのが営業の腕の見せ所というものだ。

「あのねぇ、ガイアの商品が棚落ちしたからって、私のせいにしないで」

真由子は興奮気味に吐き捨て、谷津さんをにらむ。

やはり商売敵同士の恋愛は無理なようだ。

「ちょっと、ストップ」

なんとかしたくてふたりの間に割って入る。するとそのとき、どんよりとした嫌な空気がまとわりついた。

この久しぶりの感覚は、あやかし？

すぐに周囲を確認したものの、姿は見えない。気のせい？

「谷津さん、なにかの間違いではないですか？　岸田はしっかり者ですし、曲がったことは嫌いですから、情報を盗んだりはしないかと。どんな情報が流れたんですか？」

「そんなこと、言えるわけがないだろ」

それも一理ある。ここでぶちまけられるくらいなら、怒って乗り込んでこないはずだ。

どうしよう。時間がない。

「谷津さん。もしかしてガイアさんの新商品のことですか？」

唐突に十文字くんが口を挟む。すると、谷津さんの眉がピクッと動いた。

図星かも。

でも、新商品って？　そんな話は得意先でも聞いたことがない。

黙り込んだ谷津さんを見て、十文字くんは続ける。

「僕、とある得意先で資料を拝見しました。パートさんが見せてくださって」

どうしてそんな重要な話を今まで黙っていたの！

問い詰めたいが、今はそれどころではない。米山さんが無理して時間を作ってくれたのに、遅れるわけにはいかない。

「十文字くん、アポに遅れるから先に行く。あと、よろしく」

「ちょっ、篠崎さん？」

とりあえずこの騒動が終息しそうだと感じた私は、十文字くんが困り顔になったのに気づかない振りをして駆けだした。

営業車に乗り込むと、スマホが震えている。

今日のアポイントがダメになったのかもしれないと思いながら電話に出ると、『もしもし、米山です』といつもの優しい声がする。

「篠崎です。お世話になっております」

電話なのに頭を下げてしまうのは営業の性だ。

『篠崎さん、ごめん。急な用ができて外に出てしまったんだ。少しなら時間を取れるから、協会まで来てくれないかな？』

リカーショップ米山の周辺の酒店は、小売店同士のつながりがある。彼は今日、その協会の会合に出席しなければならないそうだ。

「わかりました。すぐに出ますので、三十分ほどで着きます」

私は余裕をもって伝える。

『ごめんね。それじゃ、待ってる』

小売店の横のつながりは私たちメーカーにとっても重要で、こうした会合で評判になって採用されたビールもある。

米山さん、うちの商品推してくれないかな……。

私はそんなことを考えながら車を発進させた。

道路が渋滞していて、協会のあるビルに到着したのはちょうど三十分後だった。

繁華街の少しはずれにある四階建てのビルは年季が入っていて、建て直される計画がある。そのため、入居している会社はもう数社しかなく、小売店協会も近く別の事務所に移る予定だ。

車を駐車場に停めてビルの一階に飛び込むと、玄関ホールの脇にあるちょっとした接客スペースで待っていた米山さんが私を見つけて手招きしてくれた。

「こんなところまで悪いね。ごめん。十分くらいしかなくて、ここで話を聞いていい？」

彼が私をソファに手で促すので腰かける。

「もちろんです。こちらこそ、お忙しいのに申し訳ありません」

リカーショップ米山では、レジ業務ができるパートさんがひとり突然辞めることになり、彼が代わりに入らなければならないとか。そのため、当分はメーカーの相手ができなくなると聞いたので、今日会えてよかった。

「早速ですが、こちらがサワーの見本です。レモンとグレープフルーツをお持ちしました。特にレモンサワーは大人気で、業界全体でもすさまじい伸びを見せています。弊社の商品は、アルコール度数が四パーセントのものと七パーセントのものの二種類がありまして――」

時間がないこともあり、紙袋に入ったサンプルをテーブルの上に出したあと、パンフレットを広げて重要な点をアピールしていく。

「なるほどね。たしかに最近、レモンサワーはよく出てるかも」

彼が相槌を打った瞬間、なぜか背中がゾクッとした。

気になりうしろを確認したがなにもいない。でも、この感覚は近くにあやかしがいる。そう思うと、私たち以外に人気のないこの空間が恐ろしくなった。

とはいえ、仕事を放り出して逃げるわけにもいかない。

「弊社はジュース造りのノウハウもありますので、レモンの果皮や果汁をたっぷり――」

「篠崎さん。最近、お守りのようなものもらいませんでした？」

「えっ？」

米山さんが私の話を遮り、妙なことを言いだした。

「お守りですか……。特に心当たりがないのですが」

「そうですか。力が制御されるって？と疑問に感じたところで、肌が粟立った。

まさか、米山さんに憑いてる？

私がハッとすると、彼はニヤリと笑う。

間違いない。米山さんはこんな笑い方をしないもの。

「し、失礼します」

スクッと立ち上がり、身を翻(ひるがえ)してビルの玄関を駆け出たところでまた周りの景色が見えなくなった。

「嫌……」

深沢さんのときと同じだ。

そういえば、銀髪の人があやかしは『弱っている人間に入り込み、その体や言動を操る』と話していたが、米山さんは愛猫を亡くして参っていたはずだ。そこに付け込まれた？

振り返ると、うじゃうじゃとあやかしが湧いていて、その真ん中を切り裂くように米山さんが悠々と歩いてくる。

「来ないで」

「お前は俺の餌なんだよ」

あの蜘蛛なのだろうか。

まさか、ガイアの谷津さんにもなにか憑いてた？　谷津さんもちょっと変だったし、あのときも嫌な空気を感じた。

真由子の話では、谷津さんもいきなりひとりで担当させられた上に、とんでもないノルマを課せられて病みそうだと悩んでいたとか。彼も心の隙間に入り込まれたのかもしれない。

でも、お守りってなに？　それがあれば助かるの？

私はあとずさりながら必死に頭を働かせた。

最近もらったもの……。

あっ！　銀くんがくれたキーホルダー？

まさかあの手作り感満載のキーホルダーに、あやかしの力を制御する能力が備わっているとは思えない。しかし、あの神社の神様の力が宿っているとしたら、絶対にこのカバンを渡してはならない。

私はカバンを胸の前で強く抱きしめた。

「米山さんを巻き込まないで」

「他人の心配ができるなんて余裕だな」

余裕なんてあるはずもない。けれども、だれだって心が弱ることがあるのに、そこに付け込むなんて卑劣としか言いようがなく腹が立つ。

それに、私の存在のせいで周囲の人が危険な目に遭うなんて耐えられない。

「あなた、蜘蛛？」

「いかにも」

やはりまだ生きていたんだ。

「私がなにをしたのよ」

品行方正とは言い難くても、それなりに真面目に生きてきたつもりだ。それなのに食らうと不老不死が得られるとか、わけのわからない役割を押しつけられて大迷惑している。

「つべこべうるさい。おとなしく餌になればいいんだ」

彼はニヤッと口角を上げたかと思うと「押さえつけろ」と、周囲のあやかしたちに低い声で命を下した。

「来ないで！」

私はカバンを抱えたまま声を振り絞る。

すごい勢いで数えきれないほどのあやかしたちが近寄ってきたが、あと数十センチというところでピタッと止まる。

もしかして、キーホルダーの効果？　こんなにすごいの？

「役立たずが！」

米山さんは唇を噛みしめて、下級のあやかしたちに怒号をぶつける。そして近くにいたサルのような顔をしたものをむんずと捕まえたかと思うと、私に群がるあやかしたちめがけて投げつけてきた。

すると、一瞬にして多数のあやかしたちが消え去った。

まさか、殺したの？

「仲間なんでしょ？」

私を苦しめてきたあやかしたちの肩を持つつもりはないが、自分に従わせておいてあっさり殺すだなんて、〝クズ〟という言葉がぴったりだ。

「弱いものは死ねばいい」

そんなルール、勝手に決めないで！　弱くたって必死に生きている人もいるの！

勝手な言い草にはらわたが煮えくり返るが、蜘蛛を前になにもできないのもまた事実だった。

不気味な笑みを浮かべる彼は、いとも簡単に近づいてきて、私の首に手を伸ばしてくる。

『力が制御される』と口にしていたが、上級のあやかしにはこのキーホルダーも効果が薄いようだ。

「やめて」

「終わりだ」

「嫌っ、助けて！」

彼の指が首に食い込みそうになり、抵抗しながら必死に叫ぶ。

死にたくない。あんな気持ちの悪い蜘蛛に食べられたくなんかない！

「離して！」

大声で叫んだ瞬間、ドン！と大きな音がして、私の首から手が離れた。

「あ……」

空間の天井に穴を開けて飛び込んできたのは、あの銀髪の男だった。彼は米山さんの首のうしろに手刀を入れる。すると深沢さんのときと同じ大蜘蛛が姿を現した。

絞められていた首に触れながら深呼吸して酸素を貪っていると、銀髪の彼は倒れ込んだ私を抱きかかえて、離れた場所に移動する。しかし、前回とは違い彼も息が上がっていた。

「遅くなって悪かった。足止めされたんだ」

足止め？

「手こずらせやがって。人には手を出せないと気づきやがった」

人には手を出せないって……。

人に憑依していれば、人間ごと切るわけにはいかないため、あの青白く光る剣で一掃できないと気づいたということ？

ハッとして大蜘蛛に視線を移すと、再び米山さんと一体化したようだ。やはり、私の憶測は当たっている。

「でも、心配するな。すぐに片付ける」

銀髪の男は、私を安心させるようにつぶやき離れていった。

「あやめに指一本触れるなと忠告したはずだ。もう、生かしてはおけない」

彼は素早い動きで懐に飛び込んでいったが、蜘蛛も学習しているようだ。スッとよける。

銀髪の男がまた天に向かって手を挙げると、青白い稲光とともに天叢雲剣とかいう代物が降ってきた。

「それをひと振りすれば、この男はひとたまりもないだろうな」

米山さんの姿をした蜘蛛が不気味に言い放つ。

あやかしを何十体、いや何百体も一撃で倒したあの剣ならば、米山さんは命を落とすだろう。大蜘蛛だけを倒したいのなら、前回のように分離させなければならない。

どうするの？

固唾(かたず)を呑んで見守ることしかできない私は、呆然と立ち尽くしていた。

次に動いたのは蜘蛛のほう。驚くべきことに米山さんの姿のまま、あの毛むくじゃらの脚を出して、ブンと振り下ろす。

銀髪の男は難なくよけたが、その脚に剣を向けたところで止まった。米山さんの腕が邪魔な場所にあって斬りかかれないからだ。

「チッ」

大きな舌打ちをした銀髪の男は、一旦後方にポンと飛んで体勢を立て直す。しかしすぐに向かっていった。

「あっ……」

米山さんが気になり自由に動けない銀髪の男と、彼の命なんてどうでもいい蜘蛛では、圧倒的に蜘蛛が優位だ。

銀髪の男は果敢に挑むも、剣を使うことすらできず一方的に攻撃を受けてしまう。そのうち彼の右頬に血が滴った。蜘蛛の脚が当たり切れたのだ。

それでも彼はひるまない。何度でも飛び込んでいく。

彼の拳が米山さんのみぞおちに入り、一瞬蜘蛛が離れた。おそらく急所をはずして衝撃を与え、分離させようとしているのだろう。

米山さんから離れさえすれば銀髪の男の独擅場になるはずだった。

しかし……。

彼が剣を振り下ろすのが見えたが、とっさに糸を出した蜘蛛は米山さんの体をぐるぐる巻いて拘束し、その剣の目の前に差し出してくる。

「嫌っ」

私は思わず目を閉じた。あの剣が米山さんに突き刺さるのを見ていられなかった。

――ドサッ。

「米山さん？」

人が倒れ込むような鈍い音がしたので恐る恐る薄目を開けると、倒れ込んでいたのは銀髪の男のほうだった。左肩に蜘蛛の脚が突き刺さり、ドクドクと大量の血が流れだしている。

「やめて。なんでこんな、ひどい」

私は泣きながら声を振り絞った。

きっと彼はとっさに米山さんを避け、刺されてしまったのだろう。

米山さんは蜘蛛の糸に巻かれたまま横たわり、気絶しているように見える。

「くだらん温情なんてかけるからだ」

蜘蛛はそう吐き捨てると、ピクリとも動かない銀髪の男に向かって、もう一度脚を振り下ろそうとする。

「あなたの狙いは私でしょ？」

私はとっさに叫ぶ。

「私を食べれば不老不死になれるんでしょ？　さっさと食べれば、だれにもやられなくなるわ」

この話が本当ならば、銀髪の男がいくら蜘蛛に剣を突き立てても殺せないことになる。だからこそ逃げなくてはならないのだが、今、ふたりを救う手段が他に見当たらない。

「それもそうだな」

納得した蜘蛛は、私にターゲットを変えてきた。

咬呵を切ったものの、殺されるとわかっていて怖くないわけがない。体がガクガク震えて、足が動かない。

嫌だ。あやかしに食べられるために生まれてきたわけじゃないの！

いくら心の中で強がっても、顔が引きつっているのが自分でもわかる。じりじりと追い詰められて、とうとう気色の悪い脚が伸びてきた。

緊張と絶望で吐き気がこみあげてくる。

もうどうにもならないと脱力しかけたそのとき、蜘蛛の向こうになにか動くものが見えた。それは倒れて動かなくなっていた銀髪の男で、高く跳び上がったかと思うと、あの剣を大蜘蛛の多数ある目のひとつに突き刺した。

まるでスローモーションでも見ているかのように、大蜘蛛が私の上に崩れ落ちてくる。

全身に鳥肌を立てて気絶する寸前に、銀髪の男が私を抱えて離れた。

大蜘蛛はドン！と大きな音を立てて倒れたあと、消えていく。それと同時に米山さそしてあの青白く光る剣は役目が終わったと言わんばかりに、空高く上がっていく。

助かっ、た？

銀髪の男は腰が抜けて立っていられなくなった私を座らせたあと、自分はひざまずいて見つめてくる。

「まったく無謀な女だ」

「ごめんなさい」

でも、自分をおとりにするくらいしか思いつかなかった。

「無事でよかった。もう大丈夫だ。急所を突いたから、今度こそ逝った」

彼はささやきながら、私を強く抱きしめる。

「あやめの勇気のおかげだ。よく頑張ったな」

優しい言葉をかけられて涙腺が崩壊する。しかし、彼のケガが気になって仕方ない。

「血が……」

「あぁ、久しぶりにやられてしまった」

呑気（のんき）に話している場合？　こんなに出血したら、命にかかわる。

血だまりがみるみるうちに大きくなるのに気づいてあわてた。

「病院！」

「大丈夫だ」

「わけないでしょ⁉」

思わず十文字くんを叱るような口調で責めてしまう。すると彼はクスッと笑う。

「お前は優しいんだな。今回はさすがに疲れた」

彼が私の膝の上に崩れ落ちるので目を見開いた。

「すぐ救急車呼ぶから頑張って」

泣きそうになりながら近くに転がっていたカバンに手を伸ばし、なんとかスマホを取り出したものの圏外になっている。

「なんでよ！」

「あやめ」

彼は切なげな声で私の名前を呼び、右手を伸ばしてきて私の頬に触れる。

「苦しい？」

「苦しいよ。でも、お前を守れたから満足だ」

「そんな……。死んじゃうみたいなこと言わないで。死んだら許さないから」

私は彼の手を握り、必死に訴える。

「そうだな。まだお前のそばにいたい。とにかく、もとの世界に戻ろう。目を閉じて三つゆっくり数えるんだ」

「……うん」

私は彼に指示された通り、まぶたを下ろして三つ数えた。

「あれっ」

目を開くと、先ほど訪ねたビルの前の歩道に座り込んでいた。

「どうされました？」

「あっ、いえっ。ちょっと転んでしまって」

どこかの会社の制服を着たＯＬが声をかけてくれたが、銀髪の男の姿がどこにも見えない。

あんなケガでどこに行ったの？

「どこ？」

私は半分泣きながら周囲を探し回った。しかし、血だまりもなければ、銀髪の男の姿も忽然と消えている。

驚愕（きょうがく）しながら改めて周りを観察すると、なんでもない日常が広がっていた。

「あっ、米山さんは？」

彼はどこだろう。蜘蛛に解放されたあとも気絶したままだったような。

私はあわててビルの中に駆け込んだ。すると米山さんが「篠崎さん」と笑顔で私の名前を呼んでいるので、恐る恐る近づいていった。

「呼び出してごめんね。これ、置いてあったから、車に忘れ物でも取りに行ったのかと思ってたよ」

彼はサンプルの入ったエクラの紙袋を掲げる。

やっぱり記憶が消えている。

「そ、うなんです。パンフレットを忘れてしまって。おっちょこちょいですよね」

なんとか取り繕い、もう一度サワーの説明を始めた。

米山さんと別れて屋外に出たあと、呆然と立ち尽くす。

「なんなの、これ」

蜘蛛に追い詰められたときの光景を思い出すと、身の毛もよだつ。ホラー映画に入り込んだかのような衝撃的な経験だったのに、ごく平穏な時間が流れている。

米山さんの様子では、命の危機にあったことすら覚えていないのだろうなと感じた。

すぐさま駐車場の車に駆け込み、震える手で十文字くんのスマホに電話を入れたが、コール音が響くだけで出てくれない。

あやかしが憑依していた可能性がある谷津さんがどうなったのか気になるのに。

「今日、スマホ持ってたっけ」

寝癖チェックはしたものの、スマホを持ってきたかどうかまでは聞いていない。

次に、真由子に連絡をした。

『もしもーし』

よかった。彼女は無事だ。

それだけで泣きそうになりながら言葉を紡ぐ。

「真由子。谷津さんどうした?」

『聞いてよ。あれからなにしに来たんだっけってキョトンとして変だったの』

やはり谷津さんも憑依されていたに違いない。それを銀髪の男が助けてくれたのだ。

おそらく彼が『足止めされた』と話していたのは、それに時間がかかったということだろう。

『それで、新商品の話なんてとっくに知ってるわよ! お互い企業秘密に関わることは一切口にしないって約束したでしょ?って怒ったんだけど、やっぱり首をかしげてて』

さすがは我が親友。しっかりしていてホッとした。

しかし谷津さんは叱られ損だ。

『あんまり話が噛み合わないから、私が新商品の情報を盗んだって怒鳴り込んできたんじゃないの?って話したら、血の気が引いたような顔をするからびっくりしたんだよね。どうしても納得いかないみたいだったけど、最終的には不快な思いをさせて申し訳なかったって反省しきりだったの』

記憶がないのだから納得いかなくて当然だ。

あやかしがしたことなので谷津さんが反省する必要はまったくないが、真実を真由子に話しても理解してもらえるわけがない。

『どうも上司に、お前が漏らしたんじゃないかってネチネチ追及されたらしくて。それで、ストレスがたまって爆発したのかなぁ。私もきつい言い方したし、しきりに謝ってきてかわいいから許しちゃった』

真由子の声が弾んでいる。恋する乙女そのものだ。とりあえず、ふたりの仲は元通りになったようなので安心した。

『でもほんと、なんだったんだろ』

「うーん、なんだろうね」

谷津さん、ごめん。

彼はいざこざに巻き込まれただけでまったく罪はないが、どうかばったらいいのかわからず適当にごまかしてしまった。

それで、十文字くんは？

「ねぇ、十文字くんはどうした？」

『言い争ってるうちにいなくなってた。彼、争い事は苦手そうだから逃げたんじゃない？　合流してないの？』

「うん。電話がつながらなくて。スマホ、持ってないんじゃないかな」

それからすぐに電話を切り、二課に連絡を入れた。

「篠崎です。十文字くんいますか？」

電話に出た事務の女性にたずねる。

『十文字さんならさっき下痢気味だから早退すると連絡が入って、課長が許可していましたよ。彼から連絡入ってないですか』

「下痢？　……あー、多分、スマホ持ってないんだと思います。それで私の電話番号がわからなかったんだと。あのっ、私も少し体調が悪くて早退したいのですが」

幸い今日はもうアポイントはないし、少しくらい休んでも大丈夫だろう。今はとても仕事に没頭できない。

『課長は会議中なので、伝えておきます。お大事に』

私は電話を切ると、車を発進させて白山稲荷神社へ向かった。

あやかしの話を共有できるのは十文字くんだけ。銀髪の男の話では、今度こそ大蜘蛛は消失したようだけど、ひとりでいるのが怖くてたまらない。

それでも途中の小さなスーパーで食材を買ったのは、十文字くんの体調も銀くんのことも気になるからだ。

人気のない道に路駐したあと石畳の階段を勢いよく駆け上がり、神様に一礼してお礼をする。

あのキーホルダーが私を守ってくれたとしたら、ここの神様には頭が上がらない。

それから社務所の玄関の前に立ったが、インターホンすらなくてトントンと引き戸を叩いた。

インターホンくらいつければいいのに。浮世離れしすぎじゃないだろうか。

「はーい」

すぐに銀くんの声が聞こえてきた。

学校は？

「あ……」

彼は私を見て目を丸くしている。

「十文字くん、お腹をくだしたって聞いて」

なんて、本当は自分の話を聞いてもらうために訪れただけだ。下痢くらいでお見舞いに来たりはしない。

「あー、えっと。ちょっと今は……」

「銀くん、食材買ってきたからご飯作るよ？　お昼食べた？」

「まだです。どうぞ！」

私を中に入れることをためらった銀くんだったが、スーパーの袋を掲げるとあっさり承諾した。

「学校は？」

「うーんと、ちょっとお休みです」

まさかずる休み？　私がとやかく言うことじゃないか。

「十文字くんは大丈夫かな？」

「は、はい」

なぜか声が小さくなる彼に首をひねる。

台所に行き冷蔵庫に食材を押し込んだあと、再び廊下に出て「十文字くん」と呼んでみたものの返事はない。

もしかして相当ひどい？

私も切羽詰まってここに来てしまったが、彼も他人の話を聞く余裕がないかもしれない。

「銀くん？」

銀くんまでいなくなったので不思議に思い、以前寝かせてもらった部屋をのぞいた。

すると十文字くんらしき人が布団にくるまっていて、銀くんがなぜか布団ごと押し入れの中に引っ張り入れようとしている。

「わわわわ」

「どうしたの？」

落ち着きをなくしてあわてふためく銀くんが、十文字くんを隠すように布団の前に立つ。

さっきから、なにを隠そうとしているの？　寝相が悪いのは、もう知ってるよ？

「寝込むほどひどかったんだね」

風邪かな？と思い、布団に近づいていったが、「あわわわ」と銀くんが小刻みに首を横に振る。

「え……。なに、これどうしたの？」

ようやく十文字くんの顔が見える位置まで行くと、彼は右頬に大きなガーゼを当てて、はだけた――というか、もはやひっかけているだけになっている浴衣から、左肩を包帯でぐるぐる巻きにされている姿で横たわっていた。

「ケガ？　病院に行かなくちゃ！」

「あぁっ、行きましたから。痛み止めを飲んで眠っているだけです」

それにしては痛々しい。

「どうしてこんなことになったの？」

下痢で早退したはずでしょう？　会社に連絡したときも、事故の報告なんてなかったし。

「それは……」

「あれ？」

そのとき、ふと気がついた。

右頬、そして左肩って……。あの銀髪の人と同じ場所をケガしてる？

でも、目の前に横たわるのは、黒髪のいつもの十文字くんだ。とはいえ、以前から何度もふたりが似ていると感じたのもまた事実。

「十文字くんってコスプレの趣味ある？」

「コスプレ、とは？」

銀くんには通じなかったようだ。

あのサラサラの銀髪がウイッグだったのではないかと考えたが、どう考えても違う。不思議な剣を操り、自由自在に飛び回って大蜘蛛をはじめとするあやかしたちから私を守ってくれたもの。ヘタレの十文字くんにそんなことができるはずもない。

でも、同じところをケガしているなんておかしい。

「私、あやかしから銀髪の男の人に助けてもらったの。たしか、スサノオの正統な子孫とか。スサノオってなんだっけ」

すっかり頭から飛んでいたことを思い出し、スマホで調べ始める。

「神様？　海原を治めるようにと指示されるも、母のイザナミを慕って泣いてばかりって、マザコンじゃ……」

私を過剰なまでに慕ってくる十文字くんの姿を思わず重ねてしまった。

「姉のアマテラスオオミカミを訪ね、高天原で数々の乱暴を働いたため、アマテラスオオミカミは岩屋に隠れてしまった」

これは聞いたことがある。国中が真っ暗になったという、岩戸隠れの話のことだ。

それでスサノオは高天原を追放されたのか。神様って品行方正で尊敬に値する存在だと思っていたのに、書いてあることが奇想天外で目が点になる。

「あっ、そうか。スサノオってヤマタノオロチ退治をした神様だ！　ヤマタノオロチから出てきたのが天叢雲剣……。えっ、草薙剣（くさなぎのつるぎ）のこと？」

あの稲妻とともに彼の手に降ってきた剣は、草薙剣だったの？

草薙剣と言われるとピンとくるが、別名が天叢雲剣だとは知らなかった。

でもこれ、三種の神器だよね。そんなすごいものを召喚したの？　そうか。スサノオの子孫だからか。

驚いたり納得したり、混乱して考えがまとまらない。

ということは、あの銀髪の人は神様ということ？　それで、十文字くんが同じケガを負っているってどういうこと？

「あやめ様。お茶、飲まれます？」

小さいくせに気が利く銀くんが出ていこうとするが、私は捕まえた。

逃がさないわよ。

「なに隠してるの？」

「な、なななななにも」

オロオロしすぎ。隠していることがバレバレだ。

「ミートソーススパゲッティを作ろうと思ってたんだけどなぁ」

「食べたいです！」

「それじゃあ、説明して」

畳をトントンと叩くと、彼は観念して正座した。

「志季様に怒られます」

「あとで私が怒らないように言うから」

私の予想が正解なら、おそらくこれからとんでもない告白が待っている。私が十文字くんにあやかしの存在を話しても動じなかったのは、そういうことだろう。

「志季様は……お察しの通り、神です」

「神様って本当にいるんだ」

チラリと十文字くんを見てしまう。

予想はしていたものの、神様がビールを売っているなんてありえる？

「長く高天原で暮らしておいででした。しかしなにもせずぐうたらした生活を送っていたので、アマテラスオオミカミに叱責されて、地上に蹴落とされ……いえ、修行に出されたのです」

「修行……。あの銀髪の人が、十文字くんで合ってる？」

たずねると、彼はコクンとうなずいた。

しまった。まさか本人だとは知らず、十文字くんに銀髪の彼がかっこよかったと口走ってしまった。

「志季様は地上に下りる際に人間の姿を与えられました。それはあやかしと同じように、人間には神の姿が見えないからなのですが」

「えっ。それじゃあ私が見えるのは普通じゃないってこと？」

銀くんはコクンとうなずく。

「あやめ様は特殊なのです」

私にはあやかしも神様も見えるということか。

「地上では、人間の〝十文字志季〟をうまく活用して振る舞うように命じられましたが、こちらも神の志季様と同様、決してできる人物とは言えずなかなかのポンコツで」

私はそこで無意識に首を縦に振っていた。とても失礼だけど。

「ポンコツとぐうたらの相乗効果が発揮されて、あやめ様もご存じの通りの言動の数々が……」

なかなか辛辣な発言だったが、面倒を見ている銀くんはそれだけ苦労しているのかもしれない。

「なるほどね。それで、修行って？」

「はい。実はあやめ様の護衛を任じられたのです」

「私の？」

驚いて大きな声が出る。

「はい。あやめ様は、特殊な存在。あやかしが食らうと不老不死になれます」

不老不死になれるというのは本当なのか。

嘘であってほしかったが、今までの様子からして間違いないのだろう。

「どうしてそんな運命を背負わないといけないのよ」

おかげで、そこらじゅうであやかしに遭遇するわ、死にそうになるわで、ろくなことがない。

「簡単に言えば、そういう血筋でいらっしゃるのですよ」

「血筋？」

でも両親はそんな話、一度もしてくれなかった。

「と申しましても、その血筋の方がすべてそうというわけではなく、むしろそんな能力を持って生まれることのほうが珍しいのですが」

「そう……」と返事はしたが、到底納得できるものではない。

「その昔、スサノオの母イザナミが亡くなり黄泉(よみ)の国へと旅立ちました。夫であったイザナギは会いに向かいましたが、醜く変化していたイザナミに恐れをなして逃げ出しました」

　唐突に神々の話を始めた銀くんに驚いたものの、私は耳をそばだてた。

「イザナミは追いかけてきましたが、黄泉比良坂(よもつひらさか)に大岩を置かれて道をふさがれ、怒り狂った挙げ句、毎日人を千人殺すと宣言しました。ここからは書物に記されていないのですが……」

　銀くんは私を一瞬見て、心配そうに眉をしかめながらも続ける。

「その際イザナミは、中つ国(なかつくに)——つまり地上と自由に行き来できるあやかしと手を組み、千人とは言わず人を殺し尽くすように命じました。そのとき、人を殺す代償として不老不死になれる餌をあやかしに要求されたため、人間に呪詛(じゅそ)をかけたのです」

　まさか神様があやかしと協力し合うとは。

「しかし、あやかしに地上を支配され、人を殺し尽くされては困るイザナギをはじめとした神々は、イザナミが黄泉から人にかけた呪詛を解きましたが、その一部が残ってしまい――」

「それが私？」

興奮して前のめりになる。まさか、それほどややこしい話に巻き込まれているとは驚きだ。

「はい。多くの神々の力をもってしても抑えきれなかったのです。志季様にはまったく関係ありませんが、自分の祖先をたどるとイザナミにたどり着くわけで。口には出されませんけど、多少責任のようなものを感じているのかもしれません」

それほど遠い祖先の責任までかぶる必要はないのに。

それにしても、神様が人を殺そうとするとか呪詛をかけるとか、かなりの衝撃だ。

「あやめ様のような存在が、いつ生まれるかはだれにもわかりません。ただ、生まれ落ちた瞬間から、あやかしや神の存在を感じることができるのが特徴で、あやかしはそれに気づいて誕生を知ります」

つまり、幼少の頃わけもわからずあやかしたちと交わした会話で、私の存在が知られてしまったということ？

「私の前に生まれた人はどうなったの？」

同じような立場の人がいたのなら、行く末を知りたい。

問いかけると、彼の表情が曇るので心臓が早鐘を打つ。

「私も又聞きなのですが、いわゆる戦国時代におひとりお生まれになったそうで」

「そんな昔？」

「はい。だからこそ、ここぞとばかりにあやめ様を狙っているわけです」

絶望で脱力しながらも、さらにたずねる。

「それでその人はどうなったの？」

「そのときも高天原よりひとりの神が地上に下りられて、お守りしていたそうです。ただ、時代が時代でしたので、あやかしを遠ざけている隙に、人間に殺されてしまわれたとか」

そのときの神の心情を慮ると胸が痛い。必死に守っていたその人が、まさか人間の手によって命を落とすとは思っていなかっただろう。

複雑な思いに支配されて黙っていると、銀くんは続ける。

「このたびも、あやめ様に手を出されて、不死の力を持ったあやかしに地上を支配されては困ります。そのため、あやめ様をお守りすることとなりました」

神様の護衛なんて考えたこともなかった。

「だけど十文字くん、ぐうたらしてて叱られたんじゃなかったっけ？」

そんな彼に重要な任務を押しつける？

「まあそうなのですが、潜在能力は高天原でも認められていますので、この修行を機に目覚めることを期待しておられるのかと」

やる気にならないだけでやればできるということか。なんていったって、ヤマタノオロチを倒したというスサノオの血を引いているのだから。

「ちなみに、成人された頃からあやかしが増えませんでしたか？」

「なんで知ってるの？」

「成人すると餌としては成熟して、食べ頃になります。そんなあやめ様を上級のあやかしに献上するために、人間の男に憑いて近寄るものがたくさんいたかと」

男に憑いて？　たしかに、二十歳を過ぎたらモテ期が来たけど、あれは全員あやかし？　そういえば、デートのときは決まって嫌な空気を感じていたような気もする。次から次へと声をかけられて喜んでいたのに、全然モテてないじゃない。ただの餌じゃない！

「最悪」

とんだ勘違いだった。脱力するくらいショックかも。

「そのたびに、志季様が追い払われていました」

デートをしたあとすぐに連絡が取れなくなるのは、十文字くんが撃退してくれていたからだったのか。

私の性格のせいではなかったんだ、とその点のみホッとした。

「しかし、大蜘蛛のような力を持った存在がうろうろし始め、常に近くにいたほうがいいと判断して、今の職場に」

ということは、十文字くんは私を守るためにエクラに入社してきたの？

「まあ、お賽銭の収入だけではご飯が食べられなくて、という事情もちょっと」

半分はお金のためだったと教えられて、神様にとっても世知辛い世の中だと知った。

「神であることに気づかれることなくお守りしなければならなかったのですが、人間の志季様の出来があまりに悪いためもどかしいこともあったようです。神の志季様はいつも脱力モードですが、能力は高い方なので」

その能力の高さは、嫌というほど見せつけられた。あれほど大きな蜘蛛が、米山さんを盾にしなければ敵わないとわかっていたのだから。

「それで、ちょこちょこ素が出てしまわれて。怒りが頂点に達するなど感情が高ぶると、完全に言動が神のほうに傾いてしまい……」

「あっ」

それ、串さとの中島さんに抱きつかれたときとか、蜘蛛が憑依した深沢さんに迫られたときのこと？　たしかに別人だった。

「そっか。それじゃあ、中島さんもあやかしに憑かれていたのね」

「いいえ、あの人はただの女たらしだそうです。志季様は、あやかしではないものに引っかかるあやめ様にあきれていらっしゃいました」

「あはは」

こんな幼い子に指摘されては、穴があったら入りたい気分だ。

「人間の〝十文字志季〟は単なる箱というわけでもなく、人格があります。それを神の志季様がうまくコントロールしなければならなかったのですが、そもそもふたつの異なる人格をバランスよく共存させるのは難しく、苦労されていたのです」

神様もいろいろ大変なんだな。

「そのため、神の志季様はよく暴走されて、完全に意識を乗っ取るような形になってしまうこともあり、そのときは人間の志季様には記憶が残りません」

「十文字くんがいろいろ覚えてないのは、病気じゃなかったんだ」

「はい。ご心配をおかけしました」

その点はよかった。

「あっ……。十文字くんって人間の姿のときも、あやかしを払う力ってある？」

「その中に神の志季様が存在するわけですから、もちろんあります。共存するために神としての能力を抑制していますので、神の姿のときのように強くはありませんが」

何度か彼に触れられて体が軽くなった経験があったけど、あれはさりげなく追い払ってくれていたんだ。

深沢さんの歓迎会のとき、『僕のそばにいてください。離れないでくださいね』と甘えられたと思っていたがそれは勘違いで、離れないことで私を守ろうとしていたのかもしれない。

それと似たようなケースが何回もあったような。全部私のためだったのか。

「そっか。でもあの蜘蛛が、会社で私を襲わなかったのはどうしてだろう」

ふと湧いた疑問が口をつく。

深沢さんに憑依して求婚するなんて回りくどい方法をとらなくてもいいような。

「少し生々しいお話をしますと、あやめ様を丸ごとすべて食べなければ不死の力は手に入りません。あやめ様には特殊な能力が備わっているので、食べるほうにもかなりのエネルギーが必要でして、上級のあやかしにしか食らえないのはそのせいです。あやめ様を弱らせようとしていたのも、楽に食べ尽くすため」

食べ尽くす……。

聞くんじゃなかったと後悔するほどのきつい話に顔がゆがむ。

「会社には志季様が結界のようなものを張られていましたので、あやかしは存在できても人を食らうほどの力を十分に発揮できないのです」

だから社外で、完全にふたりきりになる機会をうかがっていたのか。

事実を知れば知るほど気分が悪くなる。

「そう、だったんだね」

しかし、冴えないと思っていた十文字くんにそれほどお世話になっていたとは、驚きを隠せない。

いろんな情報が一気になだれ込んできたせいか、頭がクラクラする。しかし、銀くんに心配をかけてはまずいと顔を上げる。

「それで十文字くんはずっと地上にいるの？」

「いえ。ひとつ大仕事をこなしたら、高天原に戻れるという約束を交わしておられます」

大蜘蛛を倒した今、彼は高天原に帰れるということ？

「人間のほうも？」

「そうですね。もともとアマテラスオオミカミが志季様のために造られた人間ですから。志季様と入れ替えに、別の神が下りてこられるはずです。どんな神かはわかりませんが」

これからはその神様が私を守ってくれるのか。

まさか十文字くんがいなくなるなんて、考えたこともなかった。

このまま一緒にいられないの？

ふとそう考えたが、顔をゆがめて横たわる彼を見て、それは自分勝手すぎる考えだと戒める。

いくら修行とはいえ、私のせいでこんな大ケガをさせてしまった。自分が傷つくのをいとわない彼は、私の護衛をするには優しすぎるのだ。そんな彼の優しさに付け込んで、これからもそばにいて守ってほしいなんてあんまりだ。役割を終えたのだから、交代するのが当然だろう。

「そっ、か。それで銀くんも神様？」

「私は……白狐です。この神社の神使いでして」

そういえば十文字くんから、稲荷神社は狐が祀られているわけではなく眷属だと聞いた。

「神使い？　それじゃあ、お父さんやお母さんは？」

「両親や祖父の話は、志季様と考えたただの設定です。嘘をついてすみません」

設定って……、わざわざ作り込んだのね。

「謝らなくてもいいよ。神様の話なんて信じてもらえないもんね」

「はい。私は神のお世話をするためにここにいるのですが、このお社は長らく神が不在だったんです。ようやく高天原から派遣されると聞き喜んだのですが、なにせ下りてこられたのが〝頑張らない〟がモットーのような志季様で、おまけに与えられた人間の姿がそれ以上に残念で、大変でした」

彼はため息をつき肩を落とす。

優秀な神がやってくると期待したのに、平凡、いやそれ以下の神を押しつけられてがっかりだったのだろう。

しかし彼らは、主従〝ごっこ〟ではなく、本当に主従関係だったのだ。

十文字くんを指導してきた立場としては、ため息をつきたくなる気持ちはよーくわかる。

「うーん。そうね……。たしかに冴えないけど、真面目で優しい人だよ」

もう少し仕事ができてくれるとありがたいが、きっと向いていない営業職に就いたのも私を守るためだっただろうし、彼なりに努力しているのはわかっている。だらしない部分はなんとかしてほしいけど。

それに、こんな大ケガまでして私を救ってくれた彼に、文句なんて言えない。

高天原に帰るための条件が私を守るということだけなら、深沢さんや米山さんを犠牲にしてもよかったはず。しかし彼は自分の身を危険にさらしてまでも、ふたりを傷つけない選択をしてくれた。

絶対に優しい人、いや神様だ。

「そうですね。優しいという点のみ認めます」

銀くんからは、なかなか厳しい点数がついているようだ。

毎日カップラーメンのオンパレードで、この部屋の散らかり具合では、察するに余りある。

「あっ、キーホルダー……」

キーホルダーが白い子狐だったのは、白狐の銀くんがここの神使いだからなんだ。

「志季様が念を込められましたので、多少はあやかしをはじいたのではないかと」

「うん。あれをもらってから、あやかしに遭遇する機会がぐんと減ってたし、さっきも助けてもらえたよ」

下級のあやかしなら、十分に防ぐ効果があったのだろう。

まさかそんな力を持っているとは知らず、ちょっとブサイクだと思ってごめんなさい。

「それはよかったです」

「高天原の神様たちは、もう十文字くんを許してくれるかな」

「大蜘蛛は上級のあやかしの中でも凶悪ですから。それを蹴散らしたとなれば評価はかなり上がったはずです。おそらく高天原からお呼びがかかるかと」

そうだよね。

大変な新人を預かってしまったとため息をついていたのに、彼がいなくなるのは寂しい。しかも、今後もたくさんのあやかしたちに悩ませられると思うと気が重くなる。

でも、それは私の事情だ。

「十文字くん、本当に大丈夫かな」

「はい。ただ、治癒には少し時間がかかりそうなので会社はお休みすると思いますが」

「それは心配しないで」

営業先は私がひとりで回ればいい。彼が来る前に戻るだけだ。

「とりあえず、スパゲッティ作ろうか」

「お願いします！」

ずっと十文字くんの面倒を見てきた銀くんにもご褒美をあげなくては。

今、十文字くんにしてあげられることはないと思った私は、銀くんのお腹を満たすために台所に向かった。

その日はひと晩ついていたが、十文字くんが目覚めることはなく、話もできなかった。

翌日からはひどい風邪をひいたということにして会社を休むことになった。

私も心配でそばにいたかったが、銀くんがなにかあったら連絡すると約束してくれたので、うしろ髪を引かれる思いで出社した。

「十文字くん、大丈夫なの？」

「うん。ちょっと風邪をこじらせたみたい。でも少し休めば大丈夫だって」

真由子に聞かれて、バレないように嘘をつく。

「そっかー。あの朝の儀式がないと寂しいね」

「ん？　あぁ、そうね」

遅刻を心配し、ネクタイを整えて、寝癖直しスプレーをひと吹き。十文字くんの教育担当になってから、毎日のように繰り返された光景だ。

世話が焼けるとぶつぶつこぼしてはいたが、あれがなくなるのも寂しい。

「あやめも元気ないじゃん。あやめも体調崩したんだよね。うつされたんじゃない？　もう平気？」

「私はぴんぴんしてる。ちょっと疲れがたまってただけで大丈夫」

仮病を使って早退したことを忘れていた私は、適当に返事をして仕事に取りかかった。

その日の予定にはなかったが、どうしても気になって、リカーショップ米山に顔を出した。

米山さんはレジに立ち、忙しそうに働いている。話す余裕はなさそうで、棚の整頓だけで退店したが、変わらず元気な姿を確認してホッとした。

それにしても、私が担当でなければ巻き込まれずに済んだだろうに。大蜘蛛が悪いのだが、いたたまれない気持ちにもなる。

神の十文字くんが無情であれば、米山さんも命を落としていた可能性があるからだ。

「あれっ……」

そういえば、前にここでガイアの谷津さんとすれ違ったとき、十文字くんは彼のうしろ姿を目で追いながら、『疲れたオーラが出てる』と口にしていたっけ。

もしかして谷津さんは、あの頃からあやかしに狙われていた？　そうだとしたら、私は周りの人たちに迷惑をかけ通しだ。

その後、何軒かの得意先に足を運び新規開拓までチャレンジしたものの、心が沈んだままだった。

周囲に迷惑をかける自分の存在がうらめしいのはもちろんあるが、いつもなら十文字くんに足りないところを指摘したり、これからの方針を話し合ったりしていたのにそれがないからだ。

「こんなに寂しいなんてね」

十文字くんが、いつの間にか私の生活の大きな部分を占めている。

それに、彼に指導するという大義名分はあったが、積極的に会話を交わすことで自分の仕事の方針を確認したり足りないところを自覚したりしていたのかもしれない。

十文字くんだけでなく、私も成長していたんだなと感じた。

その日は早めに仕事を切り上げて、神社に向かった。

銀くんからの連絡もないし、営業の合間に何度も十文字くんのスマホに電話を入れてみたが、まったく出ないので心配なのだ。

「銀くん」

玄関のドアをノックして銀くんを呼ぶと、彼はすぐに出てきてくれた。

「あやめ様！」

「十文字くんはどうかな」

「目覚めてミートソースを食べられましたよ」

「よかった……」

病気ではないので目が覚めれば食べられるかなと思い、昨日、彼の分も作って銀くんに託しておいたのだ。

「玉ねぎ、食べたんだ」

「志季様は、玉ねぎが入っていることにも気づいていないと思いますよ。おいしそうに口に運んでいらっしゃいました」

あっさり玉ねぎを克服したようだ。

「ただ、まだ臥せっています」

「そっか。お邪魔していい？」

「もちろんです。どうぞ」

今日は寝室に一直線。

「十文字くん」

廊下から声をかけたが返事はない。

「寝ていらっしゃるかもしれません。私は洗濯物を片付けてまいりますので、志季様をお願いします」

「うん。私、しばらくいるから、それが終わったらちょっと寝たら？」

銀くんもつききりで看病しているようだ。目の下にクマができていて疲れた様子だったのでそう伝えた。

「ありがとうございます。あやめ様は大丈夫ですか？」

私も昨晩は十文字くんが心配でよく眠れなかった。しかし、いろんなことが起きたせいで脳が興奮状態にあるからか、少しも眠くない。

「うん、平気。だから休んで？」

「それではそうします」

銀くんは礼儀正しく頭を下げてから離れていった。

「よく寝てる……」

十文字くんは昨日より穏やかな表情をしている。

私は彼の布団の横に正座した。

それにしても、浴衣がはだけているのはもはやお約束。やはりケガが治ったらパジャマをすすめよう。

しかし、チラリと見える大胸筋はがっしりとしていて、へっぴり腰の十文字くんがこれほど筋骨隆々だとは知らなかった。やはり銀髪の男で間違いない。

額に少し汗をかいていたので、置いてあったタオルで拭いながら話しかける。

「十文字くん、ごめんね。私のせいでこんなケガ……」

彼が高天原から追い出されたのは私のせいではないけれど、仰せつかった特別任務に命をかける羽目になるとは気の毒だ。

私が大蜘蛛のような力を持ったあやかしに食べられて不老不死になってしまわれては、神様たちも困るのかもしれないが、それを阻止する役割が彼ひとりだなんて。

スサノオの末裔だからなのかな。

どうやら模範的では決してない神様らしいが、ヤマタノオロチを倒したような力のある神様の血を引く彼ならできると見込まれたのだろうか。

今日一日、ふとした瞬間に頭に浮かんだのは十文字くんのことばかり。

もちろんケガが心配なのには違いないけれど、それだけではない。彼が甘えてくる姿も、しょげて肩を落とす姿もなくて、ぽっかり心に穴が開いたように寂しかった。

「早くよくなって。また寝癖を直してあげるから」

どうしたんだろう、私。さっきから泣きそうだ。

元気になったら高天原に帰ってしまうから？

私は布団から飛び出している右手を握った。

ずっと一緒にいられたらいいのに。

仕事をともにしていると、どうしようもないなぁとため息をつくことは多かったが、彼と過ごしてきた時間はとてつもなく楽しかった。

「あやめ」

「十文字くん？」

かすかに名前を呼ぶ声が聞こえたので、彼の顔をのぞき込む。するとゆっくりまぶたが開いた。

「よかっ、よかった……」

彼の前では泣くまいと思っていたのに、勝手に涙があふれてきて止まらない。

「なに泣いてるんだよ」

彼は右手を伸ばしてきて、私の頭をなだめるようにポンポン叩く。見た目は黒髪のままだが、神様のほうの十文字くんのようだ。

「だって……。こんな、ケガ……」

泣きすぎて言葉が詰まる。すると彼は私の首のうしろに手を回して、強い力で私を引き寄せるので、彼の横に倒れ込んでしまった。

「あやめが責任感じることじゃねぇだろ。お前も被害者なんだ。それに、俺は大丈夫だ」

「十文字くん……」

私はそれからしばらく彼の肩に顔をうずめて泣いていた。

でもダメだ。私がしっかりしないと、彼は安心して高天原に帰れない。

こんなにひどいケガまでして、私も周囲の人間たちも守ってくれたのだ。笑顔で送り出さなくては。

私は彼から離れて起き上がり、両手で大雑把に涙を拭ったあと口角を上げる。

「ごめんね。ちょっと安心して気が抜けちゃった」

十文字くんの前で泣くのはもうおしまいにしよう。そして、彼を私から解放してあげよう。

「銀くんから大体の話は聞いたの」

「そうか」

「神様って、びっくりだよ。そんな存在が本当にいるなんて、まだ信じられない」

「うん。そうだな」

彼はわずかに頬を緩める。

「でも、高天原から追い出されたって……。なんか納得しちゃって」

「失礼なヤツだ」

懸命にテンションを上げてクスクス笑ってみせると、彼も白い歯をこぼす。

「だって、服装も髪形もだらしないし、見てよ、この部屋。どうしたらこんなに散らかるの？」

「人間の十文字志季がそういうヤツなんだよ」

「でも銀くん、神様のほうの十文字くんも高天原にいた頃からぐうたらで、相乗効果だって言ってたよ？」

「銀のヤロウ」

彼は憎まれ口を叩いてはいるが、本当に怒っているわけではなさそうだ。目が笑っている。

「傷、まだ痛む？」

「少しな。そんな顔すんな。大丈夫だから」

私が眉間にシワを寄せたからか、彼のほうが心配している。

「ケガが治ったら、高天原に帰るんでしょ？」

思いきってたずねると、彼は目を大きく見開く。

「俺が戻ったらお前――」

「さっさと帰りなさいよ。私、十文字くんに出会ってから悪いことばかりなの。足手まといの後輩の指導がうまくいかなくて課長に目をつけられるし、社内ではお母さんキャラが有名になって、男の人が寄ってこないし」

もちろん、こんなことが言いたかったわけじゃない。でも、スサノオの末裔で高い能力を持つという彼は、私の護衛なんてしていないで本来いるべき場所で役立つほうがいい。

高天原がどんなところかは知らないが、もっと神様らしい仕事があるはず。私ひとりにかかりっきりになることなく、しかもこんな重傷を負わずとも能力を発揮できる仕事が。

「得意先のパートさんからは、『今日は十文字くんじゃないの？』ってあからさまにがっかりされるし。私が育ててきた得意先なのよ？　ろくに営業もできないくせして、顔がいいってだけでおいしいところを持っていかないでよ」

厳しめに言ったが、本当は彼が頑張っていたことをよく知っている。

でも、ここは心を鬼にして続ける。

「それに、十文字くんが私に関わるから、余計にあやかしが寄ってくるんじゃないの？　迷惑なの。もうあんな思いはしたくない！」

もちろん逆だと承知している。私を狙ったあやかしが現れるから、彼が来てくれたのだと。

しかし、自分のために彼が命をかけて戦いに挑むなんて、とても耐えられない。

「あやめ……」

十文字くんは目を丸くして私を凝視する。けれども、しばらくすると天井を見上げて「わかった」と力なくつぶやいた。

「なにか食べられる？　昨日、食材買ってあるから夕飯作るね」

「うん」

私は努めて明るく振る舞った。

泣いてはダメだ。頑張れ、私。

必死に自分にカツを入れて立ち上がる。

これでいいんだ。もう二度と会えないかもしれない。でも、なんの力も持たない私には、彼の命を守るすべが他に思い当たらない。こうするしかないのだ。

「あやめ」

部屋を出ようと襖に手をかけたところで名前を呼ばれて立ち止まる。

「ん？」

「こっち向いて」

十文字くんの指示に固まった。彼に背を向けた瞬間、涙が頬を伝い止められなくなっていたからだ。

「どうして？」

私は振り向きもせずたずねた。

大丈夫。声は震えていない。

「どうしてって……」

彼の声が聞こえたあと、立ち上がってこちらに向かってくる気配がしたのであわてる。

「ご飯作ってくるから、ケガ人は寝てなさい！」

命令口調で言い残し部屋を出ようとしたとき、うしろからふわっと抱きしめられて動けなくなる。

「なんで泣いてる。俺がいなくなると清々するんじゃないのか？」

責めるような口調のくせして、彼は私を優しく抱き寄せる。なにも返せないでいると、彼の右手に力がこもった。

「お前、バカだよな。泣くほど寂しいのに、強がって」

「違っ」

「高天原は退屈なんだよ。地上の監視くらいしかすることがなくて、ぐうたらしてると他の神たちのお小言がうるさくてたまらない。あんな生活を送るより、お前のそばでハラハラしていたいんだよ」

彼の告白に目を瞠る。

「ここに落とされたばかりの頃は、なんでお前のことなんて守らないといけないんだとやさぐれていたけど、毎日、あんなに親身になって寄り添ってもらったら、心も動く」

「えっ……」

「自分は俺の行動にため息ばかりついているくせして、俺がだれかに批判されると、ムキになって反論するし」

「それは……」

たしかに、第三者が十文字くんの悪口を口走ると無性に腹が立った。

彼は不器用だけど必死に努力を重ねていることは知っていたし、だれにも負けない優しさを持っている。それを知ろうともせず全否定される筋合いはないと、自分のことのように悔しかったのだ。

「俺……スサノオの末裔なんてたいそうな立場だから、どれだけ必死になって動こうが、もともと備わった能力のおかげだと認めてもらえなかった。だから余計な努力をするのはやめた」

ぐうたらしていたのにはそんなわけがあったのか。それも切ない。

「こっちでも適当にあやかしたちを蹴散らして高天原に帰ろうと思ってたのに、あやめと関わっているうちにどんどん居心地がよくなってきて」

彼はそこまで言うと私をくるっと回して向き合わせた。そしてまっすぐな視線を送ってくる。

「できない俺のために残業までして知恵を絞ったり、わかるまで根気よく説明してくれたり。しかも、俺がほんの少し前進しただけで、自分のことのように喜ぶし。俺をわかろうとしてくれたヤツなんて、初めてだったんだよ」

「十文字くん……」

その瞬間、私は彼の広い胸の中にいた。

浴衣の襟元がはだけているせいで、頬が彼の素肌にじかに触れる。しかし恥ずかしさより安心感が上回った。

「俺が高天原に帰ったほうが幸せだとか、勝手に決めんな」

彼がそう口にしたとき、心の中が全部見透かされていることを悟った。どうやら隠し事なんてできないらしい。

「好きな女くらい、守らせろ」

今、なんて言ったの？

ハッとして少し離れると、熱い視線が絡まる。

こんなに真剣で色気漂う表情をした十文字くんなんて知らない。

「あやめ」

彼は私の名前をもう一度口にしたあと、右手を私の顎にかけて持ち上げる。

待って、これって……。

「俺の嫁になれよ」

嫁!?

唖然としている間に、彼の端整な顔が近づいてきた。

キス、される？

「ちょっと待った！」

唇が重なるまであと数センチ。我に返った私は、彼がケガをしていることも忘れて突き飛ばしてしまった。

「チッ」

よろけて不機嫌に舌打ちした彼は、大きく肩を落としている。

「ご、ご飯作るね」

私は絶対に真っ赤に染まっているであろう頬を隠すためにすぐに背を向け、部屋を飛び出した。

あぁ、流されるところだった。あの無駄な色気はなんなの？　ふだんの十文字くんと違いすぎて、だからこそ余計に胸が疼いてしまった。

「嫁って……」

私、プロポーズされたの？

台所に行ったものの、十文字くんの告白が頭をぐるぐる回って調理どころではない。

神様からの求婚という想定外すぎる出来事に、頭が真っ白になった。

なんとかハンバーグを作って、緊張しつつも十文字くんのところに戻った。

「ハ、ハンバーグができたけど、食べられる？」

「篠崎さん！　来てくれたんですね。お腹が空いて死にそうです」

あれっ、人間の十文字くんだ。

私がキスを拒否したから、ふてくされて中に潜った？

しかも無邪気にご飯の催促とは。まさか、あの熱烈な愛の告白を覚えていないわけじゃないよね。

「ねぇ、さっきの話だけど……」

「さっき？　僕、寝言言いました？」

これは間違いなく記憶が飛んでいる。

納得はしたが、緊張したのがバカみたいだ。

「あっ、あのね……。十文字くんって私のこと、どう思ってる？」

大胆な質問すぎて照れくさいが、一応確認しておきたい。

「どうって……？　いつも伝えてるじゃないですか。篠崎さんがいないと僕、ダメになっちゃいます」

すがるような目で訴える彼を見て、それが恋愛感情ではないことだけは理解できた。

「やっぱお母さんか」

「なにか？」

「ううん」

このやり取りを、神の十文字くんは笑っているのだろうか。なんだか納得いかない。

まあ、つべこべ考えず、とにかくお腹を満たしてあげよう。

「銀くんが隣の部屋で寝てるはずだから起こしてきて」

「はーい」

子供のような返事をして隣の部屋に向かった十文字くんは、見慣れた彼そのものだった。

「元気になってよかった」

顔色もよくなっている。

「このまま引き止めてもいいかな」

次にいつ神の十文字くんが私の前に姿を現すのかわからないが、彼が人間界にいたいと希望しているのだから、いいよね……。

そんなことを考えながら、私は居間に向かった。

すぐにふたりそろってやってきて、楽しい夕食が始まった。

年季の入ったちゃぶ台は、三人分の食事を並べるといっぱいになる。

「ハンバーグがこんなにおいしいものだったなんて」

「あれっ、初めて？」

銀くんの叫びに反応すると、彼はコクンとうなずく。

「だって志季様が！」

そっか。ポンコツ十文字くんがハンバーグなんて作るわけないか。もし作れたとしても、玉ねぎの入っていないハンバーグなんて硬くておいしくなさそうだ。

「銀が作ればいいじゃないか」

「志季様ができないのに、僕ができるわけありません！」

神使いの銀くんはお世話係としてここにいるそうだけど、さすがに調理までは無理なようだ。

「ストップ！　ケンカしないの。ね、ふたりとも同じところにご飯ついてる」

左頰に一粒ずつ。

指摘すると、銀くんはすぐに取ったが、十文字くんは左腕を動かそうとして顔をしかめた。元気にはなったものの、完全に傷が癒えたわけではないので当然だ。

それに気づいた私は、手を伸ばしてご飯粒を取ってあげた。

いつも彼の身なりを整えている私にはこれくらいなんでもないはずなのに、あのプロポーズを意識してしまい、体がカーッと火照りだす。

ダメだ。恥ずかしすぎる。

「篠崎さん、どうしました？」

「ううん。さっきはすごくかっこよかったのに、ご飯粒なんてつけてと思っ……あっ」

私、なにをカミングアウトしているの？

動揺しすぎだ。

「さっき？」

「あぁっ、前に見たドラマに似たシーンがあって思い出しただけ。食べよ」

どう考えても不自然な話のそらし方だったのに「そうだったんですか」と納得して

いる十文字くんに噴き出しそうになる。

「篠崎さんもついていてたら、僕が取ってあげますね」

「つけないし」

やっぱり彼は純粋すぎるほど純粋な、優しい人だった。


十文字くんは、ケガをした日から一週間後に仕事に復帰した。

寝癖がついたままだったものの、出社してすぐに課長のところにあいさつに行かせると、申し訳なさそうに頭を下げている。

「十文字、大変だったんだって？」

「すみません。下痢が止まらなくて」

女子社員がいっぱいのフロアで、下痢がどうとか、大声で話すものではないとあとで教えてあげよう。

デスクに戻ってきた十文字くんのネクタイに手を伸ばし、きちんと締め直す。

「はい、うしろ」

朝の身だしなみチェックはもう流れ作業になっていて、慣れたものだ。寝癖直しスプレーをひと吹きしてからくしで整えた。

「できあがり」

「ありがとうございます、篠崎さん」

「ふふふ。やっぱりこれを見ないとエンジンかからないわ」

真由子が私たちを見て肩を震わせている。

「真由子がやってもいいのよ？」

「お母さんはひとりでいいでしょ？」

「お母さんじゃないし」

と反論したが、この役割を別の人にやらせるのもちょっと嫌だな。

「はい、仕事。十文字くんが休んでいる間に、ガイアビールが新商品のアピールを始めてるの。まずはこれを見て特徴を頭に叩き込んで。三分でよろしく」

「三分じゃ無理です！」

彼はブンブン首を横に振っている。

でも、やればできるのよ、あなたは。

「あと二分五十九秒」

「え！」

「スパルタ教育始まった」

真由子がつぶやき、口元を緩める。

この冴えない彼が、実はすこぶる偉い神様だと知ったら、真由子はどんな顔をするだろう。しかも、その神様にプロポーズされたと告白したら……。

「信じるわけないか」

「なに？」

　真由子に声を拾われて「なんでもない」と取り繕う。

　一方十文字くんは、真剣に資料を読み進めていて反応すらしない。

「国産のホップにこだわりって……。国産って少ないですよね？」

「そう。ホップの生産地は北アメリカとヨーロッパがほとんどだからね。ちゃんと勉強してるね」

　私はあなたの努力を知っているよという意味で言葉に出すと、彼は実にうれしそうに微笑んだ。

「篠崎さんに褒められると、僕、頑張れそうです」

「ほんと？　それじゃあ今日は新規開拓も任せるわ」

「そっ、それは無理です」

　動揺しすぎよ。

「はい、あと一分五十一秒」

「嘘」

　再び資料に没頭し始めた彼を見ながら、『私も、十文字くんと一緒だと頑張れるよ』

と心の中でつぶやく。

「三、二、一、終了」

「覚えました！」

「よく頑張りました。続きは現場で教えるから。はい、行くよ」

「待ってくださいよ」と情けない声を出しつつも、必死についてくる彼がかわいくてたまらない。

ただ、恋愛対象となるとちょっと頼りない。グイグイ引っ張ってくれる神様のほうが好みなんだけどな。

でも……。

「やっぱり、十文字くんと一緒だと楽しいや」

「本当ですか？　篠崎さん、録音しますからもう一回お願いします。……あっ、スマホ忘れた」

「まったく」

ため息が出るものの、彼らしくて笑ってしまう。

「すみません」

「ま、一日一緒だから問題なし。ガイアの棚を取る勢いで頑張るよ！」

「はい！」

返事だけは一人前の彼と一緒に、玄関に向かう。

するとスーッと黒い高級車が滑り込んできて停車し、待ち構えていた社員が後部ドアを開けた。

「あれって」

「社外取締役の大塚さんです」

十文字くんがすらすらと答える。

たしか、以前は外資系コンサルタント会社で活躍していた人だったはず。

ドアを開けた社員、そして助手席から降りてきた秘書らしき男性とともにこちらに向かって歩いてきたので、十文字くんと一緒に横によけて会釈をした。

「あ……」

小さな声が出たのは、重い空気を感じたからだ。

もしかして、あやかし？

彼らが目の前を通り過ぎると、嫌な感覚も遠のいた。

あの三人のうちのだれかに憑いている？　また、あやかしに悩まされるの？

絶望で顔がゆがんだとき、十文字くんに肩を抱かれて驚く。

「お前、だれに見惚れてるんだよ」

あれっ、神様のほう？

「見惚れてなんかないわよ」

「安心しろ。俺がいるだろ」

耳元で色気たっぷりにささやかれては、腰が砕けそうになる。

〝純粋無垢(むく)〟という言葉がぴったりな十文字くんが口にする言葉ではないから余計に。

「お前、なかなかかわいいな。このくらいのことで真っ赤になって」

「違っ」

違わないけど、指摘しないで。

「それで、高天原に帰ってもいいって？」

あやかしの存在を感じたばかりなのに、とんでもなく意地悪な質問が飛んできた。

黙っていると、彼は続ける。

「そうやって強がるあやめもかわいいけど、素直なお前も好きだぞ」

余裕の笑みで『好き』とか、ホイホイ口にしないでほしい。心臓が止まりそうになるでしょ？

それに、帰らないと主張したのはあなたじゃなかった？

「す、好きな女を守るんでしょ？」

こんな言い方、かわいくないとわかっている。でも、帰らないでほしいと素直に伝えるのは照れくさすぎた。

「なんだ。俺の気持ちを受け止めるという意思表示か。それならさっさと嫁になれ」

「な、なに言って……」

もう一度求婚されてあわてふためく私は、ますます顔が真っ赤に染まっていることだろう。

「とりあえず、しとくか」

ニヤリと笑う彼が意味ありげな言葉をつぶやき、私の唇に指を置く。

しとくって、まさかキスのこと？

唖然としている間に、軽く唇が重なる。

な、なにしてるの？　ここ、会社でしょう？

焦りに焦り周囲を見回したが、私たち以外だれの姿もなくてホッとした。いや、そういう問題ではない。

「ちょ、調子に乗らないで！」

「でも、俺が好きだと顔に書いてあるぞ」

「書いてない！　今、仕事中！」

動揺しすぎて背中をバンと叩くと、十文字くんが目をぱちくりしている。

「篠崎さん。僕、なにかやらかしましたか？」

人間のほうに戻った？　都合が悪くなると隠れるのはずるいでしょ！

「なんでもないよ。仕事行こう、仕事」

そんな穢れのない透き通った目で見つめられては、あなたにキスされたのよ！なんて怒ることもできない。

私はとぼけて歩きだした。

「まったく、仕事中なのに。ＴＰＯってものがあるでしょ」

しかし、恥ずかしさのあまりぶつくさつぶやいてしまう。

「ＴＰＯ、ですか。気をつけます」

「あぁっ、十文字くんのことじゃないから」

いや、あなたのことだけど。

この生活、ずっと続くの？　どうなるんだろう、私。

「ほんとですか？」

「うん。ほら、しかめっ面しない！」

「はいっ」

社屋を出て彼と一緒に、晴れ渡る空を見上げた。

高天原に続いているだろう、空を。

完

あとがき

幼い頃、岩戸隠れや因幡の白兎の話をなにかで読み、ひどいことをするなと顔をゆがめた記憶はあるのですが、そのときは深くは理解できず。少し成長してから、それが日本書紀や古事記に記されている神様の物語だと知りました。しかもアマテラスオオミカミが岩戸に隠れる原因となったのが神のスサノオノミコトであったり、皮をはがれた白兎に海水を浴びて風にあたればよいと嘘を吹き込んだのが八十神と呼ばれるたくさんの神々であったり、意外にやりたい放題。

国生みや神生みの神話であることはわかっていますが、それまで道にはずれたことはせず人々のお手本となるような存在だと信じていた神様の傍若無人さに、目が点になったことを覚えています。

そんな神様の一員で、型破りで自由気ままだが優しさだけは人一倍の志季と、運悪く?余計な能力を持って生まれたきたあやめ。そして、神の志季の地上での姿として活躍する（足を引っ張るが正しいかも）冴えない人間の十文字。の三人はいかがでしたでしょうか。

神様とオフィスラブという珍しい組み合わせに挑戦しましたので苦労した部分も

あったのですが、ヘタレなのにときどきナイスフォローをする（神の志季がやらせていたのでしょうが）十文字はなかなかのお気に入りです。でも自分が彼の教育係だったら、あやめのように根気よく付き合える自信はありません。彼女も相当頑張ったんでしょうね。

私はどちらかというとあやめと同じく男勝りな性格なので、もどかしい気持ちがよくわかります。ただ、いろいろ経験してきて、同じ量の努力を重ねても同じ花が咲くとは限らないことも、努力が必ずしも成功に結びつくわけではないことも知っています。十文字は典型的なうまくいかないタイプですね。しかしあやめは、彼の地道な努力をきちんと認めていました。私も彼女のように広い視野を持てるように精進したいと思います。

お付き合いくださり、ありがとうございました。

朝比奈希夜

この物語はフィクションです。実在の人物、団体等とは一切関係がありません。

朝比奈希夜先生へのファンレターのあて先
〒104-0031　東京都中央区京橋1-3-1　八重洲口大栄ビル7F
スターツ出版（株）書籍編集部 気付
朝比奈希夜先生

神様の教育係始めました
～冴えない彼の花嫁候補～

2020年6月28日　初版第1刷発行

著　者　朝比奈希夜　

発行人　菊地修一
デザイン　カバー　ナルティス（久保夏生）
フォーマット　西村弘美
発行所　スターツ出版株式会社
〒104-0031
東京都中央区京橋1-3-1　八重洲口大栄ビル7F
出版マーケティンググループ　TEL 03-6202-0386
（ご注文等に関するお問い合わせ）
URL　https://starts-pub.jp/
印刷所　大日本印刷株式会社

Printed in Japan

ISBN　978-4-8137-0929-9　C0193